A PRIMEIRA PESSOA

ALI SMITH

A primeira pessoa
e outros contos

Tradução
Caetano W. Galindo

Copyright © 2008 by Ali Smith

Grafia atualizada segundo o Acordo Ortográfico da Língua Portuguesa de 1990, que entrou em vigor no Brasil em 2009.

Título original
The first person and other stories

Capa
warrakloureiro

Foto de capa
Fuse/ Getty Images

Preparação
Ana Cecília Água de Mello

Revisão
Adriana Cristina Bairrada
Valquíria Della Pozza

Dados Internacionais de Catalogação na Publicação (CIP)
(Câmara Brasileira do Livro, SP, Brasil)

Smith, Ali
    A primeira pessoa e outros contos / Ali Smith ; tradução
Caetano W. Galindo — 1ª ed. — São Paulo : Companhia das
Letras, 2012.

    Título original: The first person and other stories
    ISBN 978-85-359-2074-1

    1. Contos ingleses I. Título.

12-02302   CDD-823

Índice para catálogo sistemático:
1. Contos : Literatura inglesa   823

[2012]
Todos os direitos desta edição reservados à
EDITORA SCHWARCZ S.A.
Rua Bandeira Paulista, 702, cj. 32
04532-002 — São Paulo — SP
Telefone (11) 3707-3500
Fax (11) 3707-3501
www.companhiadasletras.com.br
www.blogdacompanhia.com.br

para Sarah Wood
(a sorte que eu tive)

para Kasia Boddy
(vendo tudo pelo lado bom)

para Nicky Haire
(maravilha)

A *primeira pessoa muitas vezes é seu amor que*
diz Nunca conheci alguém como você
A *ouvinte é a adorada Ela sussurra*
Quem? Eu?
Grace Paley

Tantos pedaços de mim! Preciso me segurar bem.
Edwin Morgan

Fiel a mim! Quem de mim?
Katherine Mansfield

Nossa responsabilidade começa
com o poder de imaginar.
Haruki Murakami

Sumário

Um conto real, 11
A criança, 22
Presente, 34
A terceira pessoa, 46
Fidélio e Bess, 56
Contando um conto, 69
Sem saída, 77
A segunda pessoa, 87
Eu sei uma coisa que você não sabe, 98
N'água, 108
Astúcia impetuosidade luxúria, 118
A primeira pessoa, 132

Um conto real

Havia dois homens no café, na mesa do lado da minha. Um era mais novo, um era mais velho. Podiam ser pai e filho, mas não tinham nada daquela desconfiança treinada, nada da nebulosa raiva que quase sempre existe entre pais e filhos. Talvez fossem o resultado de um divórcio, o pai ansioso por ser pai agora que o filho era um adulto propriamente dito, o filho ansioso por ser homem diante do pai agora que o pai estava à sua frente pelo menos por quanto durasse uma xícara de café. Não. Mais provável que o mais velho fosse aquele tipo de amigo da família que propicia uma figura paterna de fim de semana pro filhinho de uma família divorciada; um homem que conhece a sua responsabilidade, e agora vejam só, o menino tinha crescido, o homem estava mais velho, e havia essa compreensão tácita entre eles etc.

Parei de inventar aqueles dois. Estava parecendo meio errado fazer aquilo. Melhor ouvir o que eles estavam dizendo. Estavam falando de literatura, o que por acaso me interessa, embora não vá interessar muita gente. O mais novo estava falando da diferença entre o romance e o conto. O romance, ele estava dizendo, era uma puta velha e flácida.

Uma puta velha e flácida, o mais velho disse com uma cara deliciada.

Ela tinha lá a sua serventia, era espaçosa, quentinha e conhecida, o mais novo ia dizendo, mas a bem da verdade era meio gasta, a bem da verdade era meio frouxa e larga demais.

Frouxa e larga! O mais velho disse rindo.

Já o conto, em comparação, era uma deusa leve, uma ninfa magrinha. Como pouquíssima gente tinha conseguido dominá-la, ela ainda estava bem em forma. Bem em forma! O velho estava sorrindo de fora a fora com essa. Ele presumivelmente tinha idade suficiente para lembrar de anos na sua vida, e há não tanto tempo, em que teria sido pelo menos um pouco arriscado falar desse jeito. Eu fiquei imaginando, à toa, quantos dos livros da minha casa eram comíveis e o quanto eles seriam bons de cama. Aí eu suspirei e peguei o celular e liguei para a minha amiga, com quem eu sempre vou àquele café na sexta-feira de manhã.

Ela sabe um monte de coisas sobre contos. Passou muito tempo na vida lendo contos, dando aulas sobre contos, e até de vez em quando escrevendo contos. Ela já leu mais contos do que a maioria das pessoas sabe (ou se importa) que exista. Acho que dá para chamar isso de um ato de amor de toda uma vida, ainda que ela não seja muito velha, estivesse naquela manhã ainda com trinta e muitos. Um ato de amor de toda-uma-vida-até-aqui. Mas ela já sabia mais sobre contos e sobre as pessoas no mundo inteiro que escreviam e escreveram contos do que qualquer outra pessoa que eu conhecesse.

Ela estava no hospital, naquela sexta-feira em particular, uns anos atrás, porque um ciclo de quimioterapia tinha destruído até o mais insignificantezinho dos leucócitos do sangue dela e depois disso ela tinha pegado uma infecção num dente do siso.

Eu esperei a voz de autômato do sistema telefônico do hospital me dizer tudo o que tinha a dizer sobre si própria, e aí me recitar roboticamente o número que eu tinha acabado de discar, e aí pronunciar errado o nome da minha amiga, que é Kasia, e aí me dizer exatamente quanto estava me cobrando para me dizer tudo isso, e aí me dizer quanto ia me custar falar com a minha amiga, por minuto. Aí ela transferiu a ligação.

Oi, eu disse. Sou eu.

Você está ligando do celular? ela disse. Não faz isso, Ali, fica caro com esse sistema aqui. Espera que eu te ligo.

Imagina, eu disse. É rapidinho. Olha. Será que o conto é uma deusa e uma ninfa e o romance é uma puta velha?

O que é o quê?

Uma puta velha, tipo do Dickens, de repente, eu disse. Que nem aquela puta que é a primeira que ensina o David Niven a trepar naquele livro.

O David Niven? ela falou.

Você sabe, eu disse. A puta que ele visita no Balão da Lua quando ele está com coisa de catorze anos, e ela é superquerida e inicia ele e ele perde a virgindade, e ele ainda está de meia, ou vai ver é a puta que ainda está de meia, eu não lembro, enfim, ela é superquerida com ele e aí ele volta pra visitar a puta quando está mais velho e ela é uma puta velha e ele é um astro de cinema famoso no mundo inteiro, e ele leva um monte de presentes pra ela porque ele é bacana e nunca esquece um ato de delicadeza. E o conto é mais como a Princesa Diana?

O conto é como a Princesa Diana, ela disse. Certo.

Senti que os dois caras, que estavam se levantando para sair do café, me olhavam curiosos. Ergui o telefone.

Eu estou só perguntando pra minha amiga o que ela acha dessa sua tese da ninfa, eu disse.

Os dois me deram uma olhada meio assustada. Aí os dois saíram do café sem olhar para trás.

Eu contei para ela a conversa que eu tinha acabado de entreouvir.

Eu estava pensando na Diana porque ela é meio nínfica, acho, eu disse. Eu não consigo pensar numa deusa que seja como uma ninfa. Todas as deusas que me aparecem na cabeça são, assim, tipo Kali ou Sheela Na Gig. Ou Afrodite, essa era jogo duro. Matando aquele monte de veados. Ela não matava veado?

Por que que o conto é como uma ninfa, a Kasia disse. Parece uma piada suja. Rá.

Está bom, eu falei. Anda, então. Por que o conto é como uma ninfa?

Eu vou pensar, ela disse. Vai ser alguma coisa pra eu fazer aqui.

Eu e a Kasia somos amigas já há pouco mais de vinte anos, mas nem parece tanto, embora dizendo pareça. "Tanto" e "tão pouco" são coisas relativas. O que era excessivo era cada dia que ela passava no hospital; hoje era o décimo dia excessivo dela numa das alas de oncologia, tomando injeções de coquetéis de antibióticos e esperando a temperatura descer e a contagem de leucócitos subir. Quando esses dois ajustezinhos pessoais minúsculos acontecessem no mundo, ela ia poder ir para casa. Além disso, tinha muita tristeza em volta dela na enfermaria. Depois de dez excessivos dias o peso daquela tristeza, que pode soar relativamente pequeno se você não é alguém que tem que pensar no assunto ou está sendo forçado a lidar com ele, mas tem proporções quase épicas se você é essa pessoa, já era considerável.

Ela me ligou de volta mais no fim da tarde e deixou um recado na caixa-postal. Dava para eu ouvir o hospital que retinia e as vozes de outras pessoas na enfermaria no ar gravado em volta da voz dela.

Então. Olha só. Depende do que você quer dizer com "ninfa". Porque varia. Assim. Um conto é como uma ninfa porque os sátiros querem dormir com ela o tempo todo. Um conto é como uma ninfa porque tanto um quanto a outra gostam de morar em mon-

tanhas e bosques e perto de fontes e rios e em vales e grutas frescas. Um conto é como uma ninfa porque gosta de acompanhar Artê-mis nas suas viagens. Eu sei que ainda não está muito engraçado, mas eu estou pensando aqui.

Eu ouvi o barulho do telefone sendo desligado. Mensagem recebida às três e quarenta e três, a voz de robô da minha secretá-ria eletrônica disse. Eu liguei de volta para ela e passei pelo exato eco da ligação matutina através do sistema. Ela atendeu e sem me dar tempo para dizer oi disse:

Olha! Olha! Um conto é como uma ninfomaníaca porque os dois gostam de ficar com todo mundo — ou entrar num mon-te de antologias — mas nem um nem outro aceitam dinheiro em troca do prazer.

Eu ri alto.

Ao contrário do romance, aquela puta velha safada, rá rá, ela disse. E quando eu falei com o meu pai na hora do almoço ele me disse que dá pra pescar truta com uma ninfa. Diz que é um tipo de isca. Ele diz que tem uns sujeitos que andam com lente de aumento por aí para o caso de eles toparem com uma ninfa de verdade, pra poderem copiar ainda mais direitinho nas iscas que eles fazem.

Vou te contar um negócio, eu falei. O mundo está cheio de coisa impressionante.

Pois é, ela disse. O que você achou da piada da antologia?

Nota seis, eu disse.

Então não vale nada, ela disse. Mas tudo bem. Eu vou ten-tar pensar alguma coisa melhor.

De repente aquilo das ninfas-nas-iscas dá pano pra manga, eu falei.

Rá rá, ela disse. Mas eu vou ter que largar isso das ninfas agora e voltar pra demanda do santo Herceptin.

Meu Deus, eu disse.

Eu estou cansada, ela disse. A gente está redigindo umas cartas.

Quando é que um remédio contra câncer não é um remédio contra câncer? eu disse.

Quando as pessoas não têm grana pra pagar, ela disse. Rá rá.

Beijo grande, eu falei.

Pra você também, ela disse. Um chazinho?

Eu faço, eu disse. A gente se fala.

Eu ouvi o barulho do telefone morrendo. Desliguei e saí dali e fui pôr água para ferver. Fiquei olhando até borbulhar e começar a soltar vapor pelo bico. Enchi duas xícaras com água fervendo e mergulhei os saquinhos de chá. Tomei o meu chá olhando o vapor sair da outra xícara.

Isto é o que a Kasia queria dizer quando falou de "demanda do santo Herceptin".

Herceptin é um remédio que vem sendo usado há um tempo no tratamento do câncer de mama. Os médicos, naquele momento em que eu e a Kasia estávamos tendo as conversas deste conto, tinham descoberto muito recentemente que ele era muito útil para certas mulheres — as que têm uma produção excessiva da proteína HER^2 — nos primeiros estágios da doença. Quando aplicado a uma paciente receptiva, ele pode reduzir o risco de um reaparecimento do tumor em cinquenta por cento. Os médicos do mundo inteiro estavam empolgados com isso porque equivalia a uma mudança de paradigma no tratamento do câncer de mama.

Eu nunca tinha ouvido falar de nada disso até a Kasia me contar, e ela nunca tinha ouvido falar de nada disso até que uma pequena verdade, de menos de dois centímetros, que um médico encontrou num dos seios dela em abril daquele ano, tinha representado uma mudança de paradigma na vida normal. Agora era agosto. Em maio o médico dela tinha mencionado como o Herceptin é bom, e como ela certamente ia poder tomar o remédio no fim da quimioterapia dela no Hospital Público. Aí no fim de julho o médico dela recebeu uma visita de um membro do PCT, que representa as palavras Primeiro, Conselho e Terapias, e se ocupa do orçamento do Sistema Nacional de Saúde Pública. O membro do PCT instruiu o médico da minha amiga a não sair mais falando das maravilhas do Herceptin pras outras mulheres afetadas na área de triagem do hospital até que um grupo chamado B.O.M. tivesse aprovado sua relação custo-benefício. Naquela época, eles achavam que isso podia levar uns nove meses ou quem sabe um ano (quando já ia ser tarde demais para a minha amiga e muitas outras mulheres). Apesar de a Kasia saber que se quisesse comprar o Herceptin pelo plano de saúde, agora mesmo, por cerca de vinte e sete mil libras, ela podia. Uma coisa dessas estará acontecendo com uma droga urgentemente necessária neste exato momento, em algum lugar perto de você.

"Primeiro." "Conselho." "Terapias." "Bom."

Eis um conto que quase todo mundo acha que já conhece sobre uma ninfa. (Por acaso trata-se também de uma das primeiras representações literárias do que hoje nós chamamos de anorexia.)

Eco era uma Oréade, que é um tipo de ninfa das montanhas. Ela era bem conhecida entre as ninfas e os pastores não só pela sua deslumbrante verbosidade mas também pela sua habilidade para salvar as suas amigas ninfas da ira da deusa Juno. Por exemplo, digamos que as amigas dela estivessem esticadas ao sol e Juno aparecesse ali na esquina, prestes a pegar todo mundo ali de bobeira, e Eco, que tinha um talento para saber quando Juno estava prestes a aparecer, se levantava de um pulo e desviava a deusa indo correndo distraí-la com contos e conversas, conversas e contos, até as ninfas preguiçosas estarem todas de pé e trabalhando como se nunca tivessem ficado de bobeira na vida.

Quando Juno sacou o que Eco estava fazendo ela ficou meio

puta. Apontou para a ninfa com o dedinho-de-rogar-praga e lascou a primeira maldição adequada que lhe apareceu na cabeça.

De agora em diante, ela disse, você só será capaz de repetir em voz alta as palavras que ouviu os outros dizerem logo antes. Não é verdade?

É verdade, Eco disse.

Os olhos dela se arregalaram. Seu queixo caiu.

É o seu destino, Juno disse.

Desatino, Eco disse.

Muito bem. Cada um carrega seu fado, Juno disse.

Safada, Eco disse.

A bem da verdade eu estou inventando essa rebeldiazinha. Na verdade não cabe nenhum ato rebelde a Eco na versão original de Ovídio. Parece que depois que lhe privam da possibilidade de falar como quisesse, e de ser capaz de zelar pelas amigas, não lhe sobra mais nada — em termos de narrativa — além de se apaixonar por um rapaz tão apaixonado por si próprio que passa o dia inteiro curvado sobre um lago que é o seu próprio desejo e que acaba se deixando quase morrer de sofrimento (e aí se transforma, em vez de morrer, numa florzinha branca).

Eco também sofreu. O seu peso desapareceu. Ela foi ficando elegantemente magra, aí ficou só pele e osso, e aí só restou dela uma voz lamentosa, lamuriosa, que flutuava incorporeamente, repetindo sem parar exatamente as mesmas coisas que todo mundo estava dizendo.

Eis, por outro lado, o conto que conta o ponto em que eu conheci a minha amiga Kasia, há mais de vinte anos.

Eu era aluna de pós-graduação em Cambridge e tinha perdido a voz. Eu não estou dizendo que tinha perdido a voz por causa de uma gripe ou de uma infecção na garganta, eu estou dizendo que dois anos de um sistema hierárquico tão rígido que as moças e as mulheres ainda eram meio que uma novidade nele tinham de alguma maneira me arrancado a voz que eu porventura ainda tivesse.

Então eu estava sentada no fundo da sala sem nem mais ouvir direito, e ouvi uma voz. Vinha de algum lugar à minha frente. Era uma voz de mulher e estava perguntando diretamente à pessoa que fazia a conferência e à que coordenava a sessão alguma coisa sobre a escritora americana Carson McCullers.

Porque me parece que McCullers é obviamente muito relevante em todos os níveis dessa discussão, dizia a voz.

Tanto a pessoa que fazia a conferência quanto a que era responsável pela coordenação da sessão ficaram algo espantadas por alguém ter dito alguma coisa em voz alta. A pessoa que coordenava pigarreou.

Eu me vi me inclinando para a frente. Eu não ouvia alguém falar assim, numa demonstração tão franca e espontânea de conhecimento e candura, havia já alguns anos. Mais ainda: naquele mesmo dia eu tinha conversado com uma aluna da graduação que não tinha conseguido achar ninguém, em todo o departamento de literatura inglesa da Universidade de Cambridge, para orientar a sua monografia sobre McCullers. Parecia que ninguém capaz de lecionar tinha lido a autora.

Enfim, ouso dizer que a senhorita verá que McCullers não está exatamente à altura, falou a pessoa que fazia a conferência sobre A literatura depois de Henry James.

Bom, a questão é que eu discordo, a voz disse.

Eu ri alto. Era um ruído jamais ouvido numa sala daquelas; cabeças se viraram para ver quem estava produzindo um ruído tão improvável. A mocinha continuou educadamente fazendo perguntas que ninguém respondia. Ela mencionou, eu lembro bem, o quanto McCullers gostava de uma máxima: nada do que é humano me é estranho.

No fim da conferência eu corri atrás da menina. Eu a parei na rua. Era inverno. Ela estava com um casaco vermelho.

Ela me disse o seu nome. Eu me ouvi dizer o meu.

Franz Kafka diz que o conto é uma gaiola à procura de um pássaro. (Kafka morreu há mais de oitenta anos, mas eu ainda posso dizer Kafka diz. É apenas uma das formas com que a arte lida com a nossa mortalidade.)

Tzvetan Todorov diz que a característica do conto é que ele é tão curto que não nos concede o tempo de esquecer que se trata apenas de literatura e não da vida real.

Nadine Gordimer diz que os contos são categoricamente sobre o momento presente, como o breve vislumbre de diversos vagalumes aqui e ali, no escuro.

Elizabeth Bowen diz que o conto tem como vantagem sobre o romance um tipo singular de concentração, e que ele cria a narrativa sempre e totalmente segundo os seus critérios.

Eudora Welty diz que os contos muitas vezes problematizam os seus maiores interesses próprios e que é isso que os torna interessantes.

Henry James diz que o conto, por ser tão condensado, pode dar uma perspectiva particularizada tanto da complexidade quanto da continuidade.

Jorge Luis Borges diz que o conto pode ser a forma perfeita para romancistas preguiçosos demais para escrever qualquer coisa com mais de quinze páginas.

Ernest Hemingway diz que os contos são gerados pela sua própria mudança e o seu próprio movimento, e que mesmo quando um conto parece estático e você não consegue discernir qualquer movimento nele, ele provavelmente está mudando e se movendo mesmo assim, só que sem você ver.

William Carlos Williams diz que o conto, que age como a chama de um fósforo riscado no escuro, é a única forma real de descrever a brevidade, a fragmentação e ao mesmo tempo a completude da vida das pessoas.

Walter Benjamin diz que os contos são mais fortes que o momento real, vivido, porque podem continuar liberando o momento real, vivido, depois que o momento real, vivido, está morto.

Cynthia Ozick diz que a diferença entre um conto e um romance é que o romance é um livro cuja jornada, no caso de um romance bom e funcional, chega de fato a alterar o leitor, enquanto um conto é mais como um presente talismânico dado ao protagonista de um conto de fadas — algo completo, poderoso, cujo poder talvez não tenha ainda sido compreendido, que se pode segurar nas mãos ou meter no bolso e levar pela floresta numa jornada escura.

Grace Paley diz que escolheu escrever só contos a vida toda porque a arte é longa e a vida é breve, e que os contos, por natureza, são sobre a vida, e que a própria vida sempre surge em diálogos e trama.

Alice Munro diz que cada conto é no mínimo dois contos.

Havia dois homens no café, na mesa do lado da minha. Um era mais novo, um era mais velho. Ficamos no mesmo café por pouco tempo mas discordamos por tempo suficiente para eu saber que aquilo rendia um conto.

Este conto foi escrito em discussão com a minha amiga Kasia, e em comemoração da sua (e de toda) incansável articulação — uma das razões, neste caso em particular, de muito mais pessoas terem sido capazes de obter aquele remédio específico quando necessitaram.

Então, quando é que um conto é como uma ninfa?

Quando o seu eco lhe responde.

A criança

Eu fui até o Waitrose como sempre na folga do almoço para fazer as compras da semana. Deixei o carrinho perto das verduras e fui procurar bouquet garni para fazer sopa. Mas quando eu voltei de novo para as verduras eu não achava o meu carrinho. Parecia que tinham levado embora. No lugar dele estava o carrinho de compras de outra pessoa, com uma criança sentada no assentozinho de crianças, com as perninhas gorduchas saindo pelas duas aberturas da frente.

Aí eu dei uma espiada no carrinho em que a criança estava e vi ali as poucas coisas que eu já tinha pegado: os três sacos de laranja, os damascos, as maçãs orgânicas, o exemplar dobrado do Guardian e o pote de azeitonas Kalamata. Eram definitivamente as minhas coisas. Era definitivamente o meu carrinho.

A criança era loura e de cabelos cacheados, de pele muito clara e corada, com umas bochechonas de cupido ou de um anjinho de dedos roliços num cartão de Natal ou de uma criança saída de um livro infantil inglês antiquado, aquele tipo de livro em que elas usam chapeuzinhos para evitar uma insolação durante o longo verão do pós-guerra. Esta criança estava usando um agasalhinho azul com capuz e sapatinhos azuis e estava bem limpinha, se bem que um tanto melequenta em volta do nariz. Os lábios eram bem rosados e tinham o formato perfeito de um arco; os olhos eram azuis e claros e vazios. Era uma criança quase constrangedoramente linda.

Oi, eu falei. Cadê a sua mamãe?

A criança me lançava um olhar vazio.

Eu fiquei ali perto das batatas e esperei um pouco. Tinha gente fazendo compras por todo lado. Uma daquelas pessoas claramente tinha colocado essa criança no meu carrinho e quando ele ou ela viesse empurrar o carrinho eu podia explicar que eram as minhas coisas ali e a gente podia destrocar os carrinhos sei lá e rir daquilo tudo e eu podia continuar com as minhas compras normalmente.

Eu fiquei ali uns cinco minutos. Depois de cinco minutos eu levei o carrinho com a criança para o balcão de Atendimento ao Cliente.

Acho que alguém por aí deve estar procurando isso aqui, eu disse para a mulher do outro lado do balcão, que estava ocupada num computador.

Procurando o quê, senhora? ela disse.

Imagino que alguém deve ter passado aqui enlouquecido por ter perdido ele, eu falei. Acho que é ele. Azul é de menino e tal.

A mulher do Atendimento ao Cliente se chamava Marilyn Monroe. Dizia no crachá dela.

Belo nome, eu disse apontando para o crachá.

Perdão? ela disse.

O seu nome, eu disse. Você sabe. Monroe. Marilyn.

É, ela falou. É o meu nome.

Ela me olhava como se eu estivesse dizendo alguma coisa que soasse ameaçadoramente estrangeira para ela.

Mas o que é mesmo que eu posso fazer pela senhora? ela disse numa voz cantante.

Bom, como eu estava dizendo, essa criança aqui, eu falei.

Que menino mais lindo! ela disse. É a cara da mãe.

Bom, sei lá, eu falei. Ele não é meu.

Ah, ela disse. Ela parecia ofendida. Mas ele é a sua cara. Não é? Não é, amorzinho? Não é, meu querido?

Ela sacudiu o arame vermelho espiralado que estava preso ao seu chaveiro diante da criança, que ficou observando aquilo balançar a poucos centímetros do seu rosto, estupefata. Eu não podia nem imaginar do que ela estava falando. A criança não era nem um pouquinho parecida comigo.

Não, eu disse. Eu só fui ali pegar alguma coisa e quando eu voltei pro meu carrinho ele estava dentro.

Ah, ela disse. Ela parecia muito surpresa. Ninguém informou a perda de uma criança, ela disse.

Ela apertou uns botões num tipo de intercomunicador.

Oi? ela falou. É a Marilyn do Atendimento. Bem, obrigada, e você? Alguma coisa aí sobre uma criança perdida? Não? Nada relacionado a uma criança? Perdida ou desaparecida? Uma senhora aqui diz que achou uma.

Ela largou o intercomunicador. Não, minha senhora, parece que ninguém relatou uma criança desaparecida ou perdida, ela disse.

Uma pequena multidão já tinha se acumulado atrás de nós. Ele é um encanto, uma mulher dizia. É o seu primeiro?

Ele não é meu, eu disse.

Quanto tempo ele tem? uma outra falou.

Não sei, eu disse.

Não? ela disse. Ela parecia chocada.

Aaaa, ele é lindinho, um velho, que parecia meio pobre demais para estar fazendo compras no Waitrose, disse. Ele sacou uma moedinha de cinquenta pence do bolso, mostrou para mim e disse: Toma. Uma moeda de prata pra te dar sorte.

Ele meteu a moeda no sapatinho da criança.

Eu não faria uma coisa dessas, a Marilyn Monroe disse. Ele vai tirar isso dali, vai engolir e se afogar.

Ele nunca vai tirar isso dali, o velho disse. Não é? Você é um menininho fofo. Ele é um menininho fofo, muito fofo. Como é que você se chama? Como é que ele se chama? Aposto que você parece o seu pai. Ele parece o pai?

Não tenho nem ideia, eu falei.

Nem ideia! o velho disse. Um menininho tão fofo! Que coisa pra mamãe dizer!

Não, eu falei. Sério. Ele não tem nada a ver comigo, ele não é meu. Eu só achei ele no meu carrinho quando voltei com as —

Neste momento a criança sentada no carrinho olhou para mim, levantou os bracinhos gorduchos e disse, bem na minha cara: Mammãã.

Todo mundo à minha volta no pequeno círculo de admiradores de bebês olhou para mim. Alguns pareciam escolados e sarcásticos. Um ou dois trocaram sinais de cabeça.

A criança fez de novo. Estendeu os bracinhos, quase como se quisesse se arrancar do assento do carrinho e se jogar em cima de mim voando.

Mammãã, disse.

A mulher chamada Marilyn Monroe pegou de novo o intercomunicador e falou com o aparelho. Enquanto isso a criança tinha começado a chorar. Gritava e berrava. Exclamava a sua palavra para mãe na minha direção sem parar e sacudia o carrinho de tanto gritar.

Dê a chave do carro pra ele, uma senhora disse. Eles adoram brincar com chave de carro.

Desorientada, eu dei a chave para a criança. Ela jogou no chão e gritou ainda mais.

Pegue no colo, uma mulher de terninho Chanel disse. Ele só quer um carinho.

Não é meu filho, eu expliquei de novo. Eu nunca vi esse menino.

Toma, ela disse.

Ela tirou a criança do cesto de arame do assento do carrinho, segurando-a com os braços estendidos para não sujar o terninho. A criança gritou mais ainda quando as suas pernas saíram do assento de arame; o rosto dela foi ficando cada vez mais vermelho e o supermercado inteiro ressoava com os berros. (Eu estava com vergonha. Eu me sentia estranhamente responsável. Mil perdões, eu dizia para as pessoas em volta de mim.) A mulher de Chanel meteu a criança com força no meu colo. Imediatamente ela me abraçou e se acalmou com uns arrulhos baixinhos.

Santo Deus, eu disse, porque nunca tinha me sentido tão poderosa na vida.

O grupo em volta de nós emitia sons de quem sabe das coisas. Está vendo? uma mulher disse. Eu concordei com a cabeça. Pronto, o velho disse. Isso sempre funciona. Não precisa ficar com medo, querida. Que criança mais linda, disse uma mulher que passava. Os primeiros três anos são um pesadelo, outra disse, passando com o seu carrinho por mim na direção dos vinhos finos. Isso, a Marilyn Monroe estava dizendo no intercomunicador. Dizendo que não era. Dela. Mas acho que agora está tudo certo. Não é, senhora? Tudo certo agora? Senhora?

Isso, eu disse com um monte de cabelo louro da criança na boca.

Vá pra casa, querida, o velho disse. Dê uma janta pra ele e ele vai ficar um amor.

Nascendo dentinho, uma mulher dez anos mais nova que eu disse. Ela sacudia a cabeça; era uma veterana. É de enlouquecer a gente, ela disse, mas não é pra sempre. Não se preocupe.

Vá pra casa agora e tome uma bela xícara de um chá de ervas e tudo se resolve, ele vai cair no soninho já já.

É, eu disse. Muito obrigada. Que dia.

Algumas mulheres me davam sorrisos de encorajamento; uma me deu tapinhas no braço. O velho me deu tapinhas nas costas, apertou o pé da criança dentro do sapatinho. Cinquenta pence, ele disse. Antes isso era dez xelins. Bem antes do seu tempo, amiguinho. Dava pra comprar comida pra uma semana, com dez xelins. Antigamente, né? Fazer o quê? Tem coisa que muda e tem coisa que nunca muda. Né? Né, mamãe?

É. Rá. Rá. Nem me conte, eu disse sacudindo a cabeça.

Eu levei a criança no colo até o estacionamento. Ela pesava uma tonelada.

Pensei em deixá-la ali mesmo no estacionamento atrás dos cestos de reciclagem, onde ela não tinha como se machucar muito e alguém ia achá-la sem dificuldade antes de ela morrer de fome ou alguma coisa assim. Mas eu sabia que se fizesse isso as pessoas do supermercado iam lembrar de mim e iam acabar me achando depois daquela confusão toda. Então eu deitei a criança no banco traseiro do carro, prendi com um dos cintos de segurança e o cobertor do vidro traseiro, e entrei no carro. Liguei o motor.

Eu ia levar a criança para fora da cidade, num dos vilarejos, decidi, e deixá-la ali, na entrada de uma casa ou na frente de uma loja por exemplo, quando ninguém estivesse olhando, onde outra pessoa acabasse registrando ter encontrado uma criança e os pais de verdade ou sei lá quem tinha perdido pudessem pedir ela de volta. Mas eu ia ter que deixar a criança em algum lugar sem ser vista, para ninguém pensar que eu estava abandonando ela.

Ou eu podia simplesmente levar direto para a polícia. Mas

aí eu ia ficar ainda mais envolvida na história. Talvez a polícia fosse pensar que eu tinha roubado a criança, especialmente agora que eu tinha saído do supermercado levando a criança como se afinal fosse minha.

Olhei para o relógio. Já estava atrasada para o trabalho.

Passei pelo centro de jardinagem e fui para a pista e decidi que ia virar à esquerda na primeira placa e largar a criança no primeiro lugar tranquilo, seguro e vagamente habitado que encontrasse e aí voltar correndo para a cidade. Fiquei na pista interna e esperei as placas dos vilarejos.

Você dirige mal pacas, disse uma voz vinda de trás do carro. Até eu fazia melhor, e olha que eu nem sei dirigir. Porventura você é uma boa representante de todas as mulheres que dirigem ou é a única mulher que dirige mal pacas?

Era a criança falando. Mas ela falava com uma vozinha tão inesperadamente encantadora que me deixou com vontade de rir, uma voz jovem e clara como um conjunto de sininhos executando uma linda melodia. Ela disse as palavras mais complicadas, representante e porventura, com uma inocência que soava antiga, com séculos de idade, e ao mesmo tempo como se tivesse acabado de descobrir seu significado, e estivesse testando os seus usos e eu tivesse o privilégio de estar presente num tal momento.

Eu encostei o carro no acostamento, desliguei o motor e me virei para o banco de trás. A criança ainda estava ali, indefesa, enrolada no cobertor xadrez da janela traseira, presa no lugar pelo cinto de segurança. Ela não parecia ter idade de quem já fala. Mal parecia ter um ano.

É um horror. Estrangeiros e gente que quer asilo político vêm aqui e pegam todos os nossos empregos e os nossos benefícios sociais, disse ela sobrenatural e delicadamente. Deviam mandar todo mundo embora pra casa.

Ela tinha um ligeiro cicio muito fofo nos sons de s das palavras estrangeiros e asilo e empregos e benefícios e casa.

Como? eu disse.

Você é surda? Cera no ouvido? a criança disse. Os terroristas de verdade são pessoas que não são inglesas mesmo. Eles vão se infiltrar nos estádios de futebol e explodir os cristãos inocentes que torcem pra uns times ingleses inocentes.

As palavrinhas deslizavam daquela boquinha de rubi. Dava para ver só um relance dos dentes nascendo.

A criança falou: a libra é nosso patrimônio legítimo. Nós merecemos o nosso patrimônio. As mulheres não deviam trabalhar se vão ter filhos. As mulheres não deviam trabalhar e ponto. Não é a ordem natural das coisas. E quanto a isso de casamento gay. Faz-me rir.

Então ela riu, loura e lindamente, como que só para mim. Os seus grandes olhos azuis estavam abertos e miravam retos em mim como se eu fosse a coisa mais maravilhosa que ela já tivesse visto.

Eu estava encantada. Devolvi a risada.

Vinda do nada, uma nuvem negra atravessou o sol que brilhava no rosto dela, ela cerrou os olhos e esperneou, sacudiu o bracinho livre do cobertor, mãozinha fechada, e começou a berrar e chorar.

Está com fome, eu pensei, e a minha mão entrou na camisa e antes que eu me desse conta do que estava fazendo eu já a estava desabotoando, me botando para fora, e planejando como garantir posteriormente a matrícula da criança numa das melhores escolas secundárias da região.

Eu dei meia-volta com o carro e segui para casa. Tinha decidido ficar com a criança linda. Eu a alimentaria. Eu a amaria. Os vizinhos iam ficar atônitos de eu ter escondido uma gravidez assim tão bem, e todo mundo ia concordar que a criança era a criança mais linda que jamais abençoou a nossa rua. O meu pai ia balançar a criança no colo. E já não era sem tempo, ele diria. Eu achava que você nunca ia me dar um netinho. Agora eu posso morrer feliz.

A melodiosa voz da linda criança, com a sua pronúncia pura e perfeita, a pronúncia de uma criança que já frequentou uma excelente escola pública e aprendeu exatamente como falar, invadiu o meu sonho.

Por que as mulheres usam branco pra casar? a criança perguntou lá do banco traseiro.

Como assim? eu disse.

Por que as mulheres usam branco pra casar? a criança disse novamente.

Porque o branco representa pureza, eu disse. Porque representa —

Pra combinar com o fogão e a geladeira quando chegarem em casa, a criança interrompeu. Um inglês, um irlandês, um chinês e um judeu estão num avião sobrevoando o Atlântico.

Como é que é? eu disse.

Qual é a diferença entre uma vagina e uma boceta? a criança disse com a sua inocente voz tilintante.

Sem palavrão! Por favor! eu disse.

Eu comprei uma cadeira pra minha sogra, mas ela se negou a ligar na tomada, a criança disse. Eu não diria que a minha sogra é gorda, mas a gente teve que parar de comprar camisetas do filme Malcolm X pra ela porque sempre aparecia um helicóptero tentando pousar na velha.

Fazia mais de vinte anos que eu não escutava uma piada de sogra. Eu ri. Não pude evitar.

Por que eles mandaram mulheres com TPM pro deserto pra combater os iraquianos? Porque elas conseguem reter água por quatro dias. Como é que se chama um iraquiano com um saco de papel na cabeça?

Está bom, eu disse. Chega. Passou do meu limite.

Freei o carro e parei bem no meio da pista. Os carros guinchavam e estrepitavam passando por nós com os motoristas metendo a mão na buzina. Eu liguei o pisca-alerta. A criança suspirou.

Você é tão politicamente correta, ela disse por trás de mim, encantadoramente. E você dirige mal pacas. Como é que a gente faz pra deixar uma mulher cega? Põe um para-brisa na frente dela.

Rá rá, eu disse. Essa é velha.

Peguei as estradas vicinais e fui até o meio de um bosque fechado. Abri a porta de trás do carro e tirei dali a linda criança loura entrouxada. Tranquei o carro. Carreguei a criança por quase um quilômetro até achar um lugar abrigado, onde eu a deixei em cima do cobertor xadrez sob as árvores.

Eu já estive aqui, sabe, a criança me disse. Não é a minha primeira vez.

Tchau, eu disse. Tomara que os animais selvagens te encontrem e te eduquem bem.

Fui para casa.

Mas durante aquela noite toda eu não conseguia parar de pensar na criança indefesa no bosque, no frio, sem nada para comer e sem ninguém saber que ela estava lá. Levantei às quatro da manhã e fiquei dando voltas pelo quarto. Doente de preocupação, eu peguei o carro e fui até a estrada do bosque, parei exatamente no mesmo lugar e caminhei de novo quase um quilômetro de volta até as árvores.

Lá estava a criança, ainda ali, ainda enrolada no cobertor xadrez de viagem.

Você demorou, hein, ela disse. Tudo bem comigo, obrigado por perguntar. Eu sabia que você ia voltar. Você não consegue resistir a mim.

Pus a criança de novo no banco de trás do carro.

Lá vamos nós de novo. Pra onde agora? a criança disse.

Adivinha, eu disse.

Será que dava pra gente ir pra algum lugar com banda larga ou wi-fi pra eu poder ver pornografia? a linda criança disse lindamente.

Fui até a cidade mais próxima e encostei no primeiro estacionamento de supermercado que achei. Eram 6h45 da manhã e estava aberto.

Aah, a criança disse. O meu primeiro Tesco 24 horas. Eu já passei por um Asda e um Sainsbury's e um Waitrose mas nunca tinha passado por um Tesco.

Eu baixei a aba do chapéu sobre o rosto para evitar ser identificada pelas câmeras de segurança e entrei com a trouxa xadrez pela porta de saída quando duas outras pessoas saíram. O supermercado estava muito calmo mas havia uma quantidade razoável de gente fazendo compras. Encontrei um carrinho, cheio pela metade de coisas boas, manteiga francesa, azeite de oliva italiano, um Guardian novo dobrado, largado no corredor dos biscoitos, e virei a criança ali dentro, meti as suas belas perninhas pelos buracos do assento para crianças.

Assim, eu falei. Boa sorte. Tudo de bom. Tomara que você ganhe o que precisa.

Eu sei é o que você precisa ganhar, a criança sussurrou quando eu me afastava, mas bem baixinho, para ninguém mais ouvir. Psit, ela sibilou. Como é que se chama uma mulher com dois neurônios? Grávida! Por que é que inventaram os carrinhos de compras? Pra ensinar as mulheres a andar nas patinhas traseiras!

Aí ela riu seu encantador bimbalhar de puro riso infantil e eu me esgueirei para fora do corredor e porta afora, passando pelas funcionárias que cortavam a cinta plástica dos novos tabloides matutinos e os dispunham nas prateleiras de jornais, e para fora do supermercado, de volta para o meu carro, e para fora do estacionamento, enquanto por toda a Inglaterra os sinos dobravam nas igrejas da manhã e o britânico canto dos pássaros dava as boas-vindas ao dia que chegava, Deus no seu paraíso, e tudo em ordem com o mundo.

Presente

Havia apenas três pessoas n'A Estalagem: um homem no balcão, a garçonete e eu. O homem estava puxando conversa com a garçonete. A garçonete estava enxugando copos. Eu estava esperando um prato que tinha pedido meia hora atrás para jantar. Eu estava me permitindo um uísque duplo. Era um presente meu para mim.

Você já viu? Cobertos de gelo desse jeito? o homem estava dizendo para a garçonete. Não parece que são uns telhados mágicos, não parece a cara que o inverno sempre tinha quando você era criança?

A garçonete o ignorava. Ela ergueu o copo contra a luz para ver se estava limpo. Esfregou um pouco mais. Ergueu de novo.

O homem fez um gesto na direção da janela da frente do pub.

Vá lá fora e dê uma olhada. Só dê uma olhadinha, olhe lá em cima dos telhados, o homem disse. Não parece exatamente o jeito que o inverno era quando você era pequena? Como se um branco caísse em tudo por mágica, como se um mágico gigante sacudisse a mão e uma geada branca caísse em tudo.

Você não paga imposto pra falar bobagem, hein? a mulher atrás do balcão falou.

Ela ter dito isso me fez rir tão de repente que eu engasguei com o meu drinque. Os dois voltaram os olhos. Eu tossi, virei o corpo levemente para a lareira e continuei olhando para o jornal como se estivesse lendo.

Ouvi eles voltarem a atenção de novo um para o outro.

É Paula, não é? ele disse.

Ela não abriu a boca.

Eu tenho certeza que é Paula, ele disse. Eu me lembro. Eu já te perguntei. Você se lembra? Eu já vim aqui, eu vim nesse mesmo bar faz um mês e meio. Você se lembra?

Ela ergueu outro copo e olhou para ele.

Bom, eu me lembro de você, ele disse.

Ela largou o copo e pegou outro. Ela o segurou entre a luz e os olhos.

Então se você não gosta de Natal e coisa e tal, Paula, ele disse. Se você não acha que é um tempo mágico que volta da nossa infância e coisa e tal. Bom, então por que é que você se dá ao trabalho de enfeitar o pub? Por que é que você se dá ao trabalho de cobrir a porta e a janela com esse spray de neve falsa? Por que é que você deixa isso aqui com cara de cartão de Natal? Ainda é novembro. A gente não está nem em dezembro.

O pub não é meu, a mulher disse. Não sou eu que escolho quando o Natal começa e termina.

O uísque com que eu me engasguei tinha descido pelo lado errado e formado um rastro ardente por dentro da minha traqueia. Eu ignorei. Fiquei lendo o jornal. Falava de como a Corrente do Golfo estava sendo enfraquecida num ritmo atordoante. Logo o inverno aqui ia ser tão frio quanto no Canadá. Logo ia acumular dois metros de neve todo inverno e o inverno ia durar de outubro a abril.

Telhados mágicos, a mulher disse. Jesus amado. Está vendo aquela casa com um Alfa Romeo parado na frente?

O homem foi até a porta e a abriu.

Não dá pra ver um Alfa Romeo daqui, ele disse.

O terceiro carro da esquerda, ela disse sem levantar a voz.

Deu pra ver uns carros, mas eu vou confiar em você que um deles é um Alfa, ele disse voltando.

Aqui na vila chamam ele de Alemão, ela disse. O nome dele parece alemão. Ele nunca vem aqui. Ele pegou asfalto congelado perto de Ranger Bend com os dois filhos no carro faz dois anos e o filho que estava no banco da frente morreu. O carro não saiu mais da frente da casa desde que voltou da oficina com uma lateral nova. Ele vai trabalhar a pé, sai pelo portão e passa pelo carro todo dia. Todo mundo aqui passa pelo carro todo dia. Está imundo. Precisa de uma bela limpeza, só de ficar ali parado no descoberto. Ele tinha um nome que parecia alemão e tudo o mais, o filho. Tinha onze ou doze anos. Ele nunca vinha aqui antes, o pai, o Alemão, e nunca vem agora. E a casa do lado da dele. É lá que mora a moça que está endividada por causa da pirâmide.

Egito? o homem disse.

Financeira, a mulher disse. Não é pra ficar de fofoca e tal e coisa mas eu estava no Asda e escutei ela dizer pra alguém no celular que ela tinha tido um sonho.

O homem se debruçou sobre o balcão.

Sonho é você, Paula, ele disse.

O sonho dela era o seguinte, a mulher disse. Por incrível que pareça. Uma blusa de angorá que ela tinha comprado no cartão de crédito, saca só, resolveu sair de casa porque estava infeliz morando com ela. Aí a blusa ligou pra ela do aeroporto mas como ela não sabia falar, porque blusa não fala, né, ela não sabia o que a blusa estava tentando dizer.

Uma blusa de gorar? o homem disse.

Não, uma blusa de angorá, a mulher disse. É um tipo de lã, um tipo de lã quentinha e cara. E a casa do lado daquela. A filha dele é chapada. Toda vez que ela volta pra vila ele não deixa ela entrar. Primeiro ela joga pedra na janela da sala de estar. Aí o sujeito chama a polícia. A casa do lado dessa. Divorciada. Ele teve um caso. Ela ficou com a guarda. Ele é boa pessoa. Trabalha na cidade. Ela é professora. Ela tem uma Cinquecento.

Ela ergueu um copo, examinou-o contra a luz.

A casa do lado deles, ela falou.

Ãh rãh? ele disse.

É a minha casa, ela falou.

Mas você não é casada, né, Paula? o homem disse.

Você é, a mulher disse. Dá pra ver de longe.

Eu não sou casado, o homem falou. Eu sou tão solteiro quanto o sol.

Nessa época do ano você deve ser menos solteiro, então, ela disse.

Você o quê? ele disse.

Já que tem menos sol e tudo, a mulher disse.

Tá rindo de quê? o homem falou. Tá olhando o quê?

Ele estava falando comigo. Eu fingi que não tinha ouvido ou entendido.

Que que ela acha que tá olhando? o homem disse.

Não vai demorar, a mulher falou para mim. Desculpa te fazer esperar.

Sem problema, eu disse. Tudo bem.

Ela saiu pela porta dos fundos. Você não descongelou o camarão? ela gritava ao passar pela porta.

O homem ficou me encarando. Havia muita hostilidade naquele olhar. Dava para sentir sem nem me virar para olhar de verdade. Quando a mulher voltou da cozinha e pôs na minha frente, como uma séria promessa de que eu definitivamente seria alimentada, condimentos e um garfo e faca bem enroladinhos num guardanapo, ele gritou na minha direção lá do seu lugar no balcão.

Você concorda comigo. Não é? *Você* acha que parece mágica, ele disse. Como se um mágico de um programa de TV de quando a gente era criancinha, sabe, tivesse sacudido a mão no céu por cima das cidades em que a gente nasceu e tivesse descido esse branco.

Ele começou a se aproximar; parecia que ele podia até me socar se eu discordasse. Mas quando ele chegou perto da mesa eu pude ver que estava menos bêbado do que parecia. Era quase como se estivesse fingindo estar mais bêbado do que estava. Ele sentou no banquinho na minha frente. Não era muito mais velho que eu. O rosto dele era amarfanhado, como um pedaço de papel de embrulho que alguém tivesse tentado amassar com a mão até virar uma bolinha bem apertada.

Eu fiquei olhando os meus talheres embrulhados no guardanapo todo coberto de raminhos de azevinho desenhados.

O homem pegou o vidro de molho HP do arranjo de sachês de sal e pimenta e mostarda e vinagre e de vidros de molho na minha frente.

Você sabe o que o H e o P querem dizer no vidro de HP? ele disse.

Houses of Parliament, eu disse, as Casas do Parlamento.

O sorriso dele se desmanchou. Ele parecia realmente desapontado por eu saber. Eu apontei para a imagem no rótulo do vidro. Dei de ombros.

Você não é dessas bandas de cá, ele disse. Achei que não, ele disse. Alguma coisa no desenho do seu rosto. Não me leve a mal, ele disse. É um desenho bonito. Eu sou de oitenta quilômetros daqui, ele disse. Nasci lá, quer dizer. Mas você está bebendo o quê? ele disse.

Ele falou tudo isso muito alto, como se não estivesse falando realmente comigo mas para a garçonete lá atrás do balcão poder ouvir.

Que tal eu te contar, ele disse pondo o pé em cima do banquinho baixo que estava mais perto de mim, o que o Natal representa pra mim? Será que eu conto pras duas moças aqui o que é um Natal feliz de verdade?

Eu olhei para o pé dele no sapato gasto sobre o veludo do banquinho do bar. Dava para ver a cor das meias dele. Eram marrom-claras. Alguém tinha comprado aquelas meias para ele de presente, talvez, ou talvez alguém tinha comprado as meias porque ele tinha a sorte de ter alguém que normalmente cuidava das meias dele. Ou, se não fosse isso, ele tinha entrado numa loja e comprado ele mesmo as meias. Mas essa era a última coisa com que eu queria me incomodar, um detalhe como a proveniência das meias de alguém. Eu tinha dirigido desde mais ou menos quatro e meia da manhã. Tinha entrado no estacionamento desse pub hoje à noite exatamente porque achava que não haveria ninguém que eu conhecesse aqui, ninguém aqui que fosse me incomodar, ninguém aqui que viesse me fazer qualquer pergunta, ninguém aqui que fosse querer falar comigo sobre qualquer coisa, qualquer coisa mesmo.

Olhei de novo para o pé do homem com a fina linha de pele humana ali entre o alto da meia e onde começava a perna da calça. Levantei. Tirei a chave do carro do bolso.

Tá indo em algum lugar? o homem disse.

A garçonete estava tirando saquinhos de amendoim de uns ganchos em cima do caixa, tirando o pó dos saquinhos e os enganchando de volta. Ela se virou quando eu passei por ela.

Não vai demorar muito mais, cinco minutos no máximo, ela disse enquanto eu saía.

Eu abri a porta mesmo assim e saí d'A Estalagem.

39

Mas eu tinha posto dois uísques para dentro, percebi enquanto me deixava cair no banco do motorista. Não podia nem pensar em dirigir, ainda ia demorar um pouco. Fiquei dentro do carro no estacionamento iluminado e olhei a placa que dizia A Estalagem pendurada, imóvel, através do para-brisa, que tinha ficado imediatamente embaçado com o calor que saía de mim. Não tinha vento hoje. Era por isso que estava tão cheio de gelo. Estava frio lá fora, gelado. Logo seria o mais fundo do inverno.

Pus a chave na ignição e apertei o botão que liga o aquecimento dos assentos. Carros eram uma maravilha. Estavam cheios de coisas que simplesmente, mecanicamente, atendiam às necessidades das pessoas. Aquecimento interno dos assentos. Regulagem de altura dos assentos. Espelhinhos nos parassóis. Tetos que se abrem se você quiser.

Comecei a tentar imaginar que história o homem teria contado a duas pessoas quase desconhecidas num pub para provar o que fazia um Natal feliz. O melhor almoço de Natal que ele provou. O melhor presente que alguém um dia lhe deu. Ia ser alguma coisa sobre a infância dele já que ele basicamente só queria falar disso lá no pub, a infância e a magia perdida, e o retorno da magia nos tempos mais frios nos cantos mais inesperados sob a forma de uma simples geada que brilha no escuro.

Imagine se a gente tivesse sido três amigos naquele balcão, pessoas que realmente tinham algo a dizer, que tivessem desejado falar umas com as outras.

Agora você, eu imaginei a garçonete me dizendo, empoleirada num daqueles dois bancos altos por sobre ele e por sobre mim, de modo que se inclinar e garfar um dos meus pedaços de camarão para consumo próprio é um negócio meio precário para ela, mas ela oscila com perfeição, se equilibra com perfeição, mete o camarão na boca e nós todos rimos juntos da competência dela, até ela mesma.

Sua vez, ela diz. Uma bem feliz, anda.

Bom, então tá, se bem que na época eu não ia ter chamado essa história de feliz, eu digo. Eu estou com uns doze anos.

Não é pra ser grosso, mas você parece mais velha, o homem diz.

Não agora. Óbvio. Na história, eu digo.

Certo, o homem diz.

Certo, a atendente diz.

E no meu bairro aparece um casal novo que se mudou pra uma casa a umas quadras da gente, e todo mundo conhece eles, todo mundo sabe quem eles são, quer dizer, porque o marido e a mulher são professores, os dois dão aula de línguas estrangeiras na escola que as crianças dali frequentam, a escola que eu frequento.

Até aqui não tem muita cara de Natal, a garçonete (Paula) diz.

Dá um desconto, o homem diz. Ela vai chegar lá. No futuro próximo.

Natais passados, Natais presentes, Natais futuros-próximos, Paula diz.

Enfim, os Fenimore, o senhor e a senhora Fenimore, digo eu. O senhor Fenimore é bem do tipo explorador. Ele é baixo e magro, mas está sempre com cara de quem está saindo pra uma aventura com um cajado imaginário na mão.

Conheço o tipo, Paula diz.

Ele assume os clubes de xadrez e de judô depois das aulas, eu digo. Ele começa uma aula de culinária depois do horário e aguenta um monte de encheção de saco por ser homem e dar aula de culinária. A senhora Fenimore ajuda. Ela sempre ajuda. Ela está sempre lá ajudando, é uma pessoa tímida que sorri bastante, enquanto o marido dela, que ela observa com olhos cheios de um amor triste e esperançoso, administra os clubes da escola, e não só esses, ele forma no bairro um clube de enologia em que os nossos pais e os outros vizinhos que não têm filhos vão até a casa dos Fenimore pra provar vinhos, a senhora Fenimore põe convites por baixo da porta de todo mundo, sorrindo tímida se você olha pela janela e a vê na sua ronda. JACK E SHIRLEY FENIMORE CONVIDAM PARA UMA DEGUSTAÇÃO DE VINHOS. Montes de gente acabam indo, todos os vizinhos vão, a minha mãe e o meu pai vão, e eles normalmente não vão em lugar nenhum. Eles nunca tinham feito uma coisa dessas. Aí todo mundo fala como os Fenimore são legais, o quanto eles gostam da casa, do carro, do jardim, dos talheres, do padrão dos pratos dos Fenimore. Aí os Fenimore organizam uma ida ao teatro. JACK E SHIRLEY FENIMORE CONVIDAM PARA O DESPERTAR DE RITA NO EMPIRE. Todo mundo vai. JACK E SHIRLEY FENIMORE CONVIDAM PARA UM FESTIM DE VINHO QUENTE. JACK E SHIRLEY FENIMORE CONVIDAM NO DIA DO SOLSTÍCIO PARA UM ATAQUE AO GRANDE BEN WYVIS.

Ataque contra que Ben? o homem (eu vou chamá-lo de Tom) diz.

Não, digo eu. Ben Wyvis é uma montanha. Ben quer dizer montanha em escocês.

É, eu sei, eu sabia disso, Tom diz.

Sabia nada, Paula diz. Você não sabia o que era angorá agora há pouquinho.

Enfim, eu digo. Nós éramos uns vinte, todo mundo morando bem embaixo do Ben Wyvis quase a vida toda e ninguém nunca subiu, sete ou oito adultos e o resto uma criançada da minha idade, alguns mais novos, um ou outro mais velho, entrando num micro-ônibus que os Fenimore alugaram, porque o senhor Fenimore tirou carteira de motorista de micro-ônibus, e indo até o sopé do Ben Wyvis pra ver quanto a gente conseguia subir no domingo antes do Natal, 21 de dezembro, um domingo esplendorosamente ensolarado, luminoso e brilhante e de céu azul.

42

E aí o que aconteceu?

Ah, então tá, saquei, é um joguinho, Tom diz. Então tá. Vocês chegam até o topo e fazem uma festa genial e você dá o seu primeiro beijo num menino em cima de uma montanha romântica no dia mais curto do ano.

O micro-ônibus quebra, Paula diz. Vocês nem chegam a sair do bairro.

A meio caminho montanha acima, eu falo, o céu muda de cor, de azul pra preto, e meia hora depois começa a nevar. Neva tanto que sete adultos e doze ou treze crianças ficam ilhados num vão embaixo de uma pedra no Ben Wyvis. Isso é antes dos celulares. Não tem como dizer pra ninguém onde a gente está. Está gelado. A gente se amontoa, aí os adultos amontoam as crianças dentro de um círculo formado pelos corpos deles. É de tardezinha. Escurece. Não para de nevar. Só se vê neve e trevas, e mais neve, e trevas por trás, neve em quilômetros de céu vazio, e um monte de palavrões do meu pai, ele já morreu, e o homem do outro lado da rua, ele também já morreu, acho, ameaçando matar o senhor Fenimore, e a minha mãe que tinha posto sapatos de salto pra subir uma montanha, a minha mãe, ela nunca tinha nem pisado numa trilha antes disso, se amaldiçoando, e uma ligeira discussão sobre quem devia ir buscar socorro, e a senhora Fenimore chorando, e o senhor Fenimore contando as pessoas de cinco em cinco minutos, antes de se enfiar nas trevas brancas pra procurar socorro.

Meu Deus, Tom diz. Ele morre?

O final é feliz, Paula diz. Não é?

O senhor Fenimore fica perdido na montanha até o dia seguinte, quando o serviço de resgate encontra ele, eu digo. Ele fica uma semana no hospital. A essa altura nós já estamos todos em casa. Nós todos somos resgatados coisa de meia hora depois por três caras num helicóptero. O pai de uma menina chamada

Jenny McKenzie, um ano na minha frente na escola, ouviu a previsão de mau tempo no rádio e ligou pro serviço de resgate e disse onde a gente estava. Eles fizeram quatro pessoas passar a noite no hospital, inclusive eu. É uma piada. Está todo mundo bem. Mas o negócio é que a gente volta pra cidade, pra casa, e — não tem neve em lugar nenhum. Nadinha. Está tudo, assim, normal, calçadas cinzentas e asfalto e telhados, como se nada tivesse acontecido.

E aí? Tom diz.

O que aconteceu com os Fenimore? Paula diz.

Desde quando isso é um Natal feliz? Tom diz.

Eu não tinha ideia do que tinha acontecido com os Fenimore, eu me dei conta, ali sentada sozinha no assento aquecido do meu carro num estacionamento quase vazio a quilômetros de casa. Eu lembrava a cara triste dela. Lembrava a expressão franca, ingênua dele, como ele se inclinava para a frente quando descia o corredor da escola ou subia os vestígios de uma trilha no sopé do Ben. Talvez eles só tenham ficado lá aquele ano. Eles se mudaram. O clube de judô acabou. Uma professora de economia doméstica assumiu o clube de culinária. As pessoas logo logo pararam de falar deles como se eles fossem a piada local. Cadê aqueles dois, o homem tão ativo e sua triste amada prestativa; onde é que estavam os Fenimore hoje à noite, quase trinta anos depois? Será que estavam quentinhos dentro de casa, já bem avançados na meia-idade? Será que eles ainda eram os Fenimore?

Daqui de dentro do carro dava para eu ver os telhados cheios de gelo da vila mais abaixo, lá no fim da ladeira. Olhei para o outro lado e vi, pela janela lateral do pub, o homem e a garçonete.

O homem estava de costas para o balcão. Estava segurando um copo quase vazio, olhando fixo para o nada. A garçonete estava apoiada no cotovelo. Ela olhava na direção oposta. Eles ficaram daquele jeito, imóveis, como figuras numa pintura, o tempo todo enquanto eu olhava.

A garçonete se chamava Paula. Eu não tinha a menor ideia do nome do homem. Que bom, porque eu não queria saber. Eu era só uma desconhecida que pediu um jantar e não comeu. Na cabeça deles fazia tempo eu já estava na estrada longe daqui no escuro.

Pus a mão na chave da ignição, com ou sem uísque.

Mas se eu voltasse lá para dentro, eu podia comer. E se eu voltasse lá para dentro, se eu simplesmente ficasse lá, aquelas duas pessoas iam falar de novo uma com a outra, iam ser capazes disso, mesmo que eu só ficasse lá sentada lendo o meu jornal ou comendo sem me importar com elas.

Olhei para os telhados das casas iluminadas pelo gelo duro, como uma fileira de casas distantes no tipo de história que nós nos contamos sobre o inverno e os seus presentes incertos.

Abri a porta do carro e saí. Tranquei a porta, embora provavelmente não precisasse, e voltei para o pub.

A terceira pessoa

Pelo encanto dos contos.

Este aqui é sobre duas pessoas que acabaram de ir para a cama juntas pela primeira vez. É outono. Elas se conheceram no verão. Desde que se conheceram elas vêm se preparando para isso com uma sensação de que se trata de algo inevitável; menos um processo de conquista, mais como se aquelas pessoas se vissem num cômodo muito pequeno, como um quarto de empregada, um quarto que fosse pequeno o bastante para parecer lotado com apenas duas pessoas, e esse quarto também tem um piano. Não importa onde elas estiveram ou o que andaram fazendo — se encontrando por acaso na rua, caminhando pela calçada, indo ao cinema, conversando numa mesa de pub — é como se estivessem num cômodo minúsculo e lá, com elas, imenso, onipresente como uma governanta das antigas, desajeitado e reluzente e constrangedor como um caixão, o piano de cauda. O menor deslocamento nesse cômodo representa ter que se espremer no estreito espaço entre a parede e a lateral do piano. A parte de dentro, por baixo da tampa, é uma estrutura de cordas e martelos mais ou menos como o estrado de uma cama ou uma harpa largada de lado.

Elas foram até o fim, se livraram finalmente das roupas tímidas, se enfiaram debaixo das cobertas de uma cama de casal pequena, estão abraçadas vestidas apenas com suas peles. Uma das pessoas inclusive está com uma gripe forte e a outra não se importa. Ah, o amor. Do lado de fora, as árvores estão em silêncio. A luz está diminuindo. São cinco da tarde. Mas chega disso. É primavera. É de manhã. Nas árvores os pássaros cantam loucamente. Uma mulher que mora numa rua de casinhas geminadas, uma rua com tantos carros estacionados que chega a ser bem difícil passar por ali de quinze em quinze dias com o caminhão que recolhe o lixo, acabou de acertar um dos garis que normalmente esvaziam de manhã os latões com rodinhas segunda sim, segunda não na cabeça, com uma pá de jardinagem.

O homem está no chão. Ele está com a testa sangrando. Está com uma cara confusa. Ele ergue a mão e olha para o sangue que ficou nela. Ele põe a mão de novo na testa.

A mulher está apoiada na pá como se a lâmina da sua pá, na calçada, estivesse alguns centímetros enfiada na terra e ela estivesse simplesmente ajeitando o jardim e tivesse dado uma parada para avaliar o trabalho que já fez. Ela parece ter uns sessenta anos. Parece bem de vida. Parece velha demais, correta demais, bem vestida demais, para ter feito o que acabou de fazer. Em volta dela, em volta dele agora, os colegas de trabalho do homem, que saíram do caminhão, formam um quadro, de boca aberta, entre o riso e a raiva. O motorista do caminhão está dependurado na frente da cabine, com um pé no degrau, a porta aberta balançando atrás dele. Todos os homens usam os mesmos macacões verdes da prefeitura. É verão. É de tardezinha. As árvores são diferentes aqui. Numa das ruelas de um pequeno balneário mediterrâneo duas mulheres estão comendo num restaurante cujas mesas são de madeira e instáveis. A mesa em que elas estão se inclina para uma e para outra cada vez que uma delas corta alguma coisa no prato. A rua é uma ladeira; uma das mulheres está bem mais alta no plano inclinado que a outra, apesar de estarem separadas por mero meio metro.

As mulheres estão bem vermelhas graças a quatro dias de excesso de sol. A que está ladeira acima ainda está exclamando como os tomates têm um gosto diferente aqui, como tudo tem um gosto diferente. Tudo tem gosto de sol. A outra, ladeira abaixo, está começando a ficar preocupada com o que vai fazer quando cansar de comer salada mista, já que não gosta da cara de mais nada nesse cardápio mas não gosta da cara de nenhum outro restaurante no minúsculo balneário, não muito, e elas quase já não conseguiram mesa nesse aqui de novo nesta noite.

Crianças ciganas sobem e descem a rua exatamente como em todas as outras noites, mas hoje o zurro das sanfoninhas que elas usam para mendigar é quase sufocado pelos americanos. Os americanos são soldados de folga. Eles têm caras safadas e tímidas, caras educadas e envergonhadas e caras de quem mal tem idade para ter acabado a escola; eles têm caras tão jovens e tão cruas que é quase um crime mesmo. As mulheres entenderam, por terem entreouvido a conversa deles, que eles estão aqui em massa num tipo de estágio para se acostumarem com o sol e o calor antes de serem enviados para o Golfo. Quando as mulheres exclamaram para o garçom a respeito da quantidade de gente no restaurante hoje, o que ele lhes disse foi o seguinte.

Três navios, muitos milhares de soldados, chegam ao porto externo do balneário. Aí os bares dos arredores desembrulham as grandes botas hoje de manhã e as colocam em cima das mesas e aí todo mundo sabe o que está acontecendo, e as botas atravessam a cidade como um incêndio. E aí os soldados em dois ou três dias vão embora e eles embalam as botas de novo com papel até os próximos navios.

O garçom deu de ombros. As mulheres balançavam a cabeça e pareciam interessadas. Quando o garçom se afastou, elas fizeram caras uma para a outra para dizerem que nenhuma delas tinha entendido do que ele estava falando.

Agora uma criancinha está parada ao lado da mesa delas. Ela está passando pelas mesas desse restaurante com um menino de coisa de dez anos que toca sem parar o mesmo clichezinho meio italiano na sua sanfoninha mirim. Ele parece objetivo e desinteressado quando estende a mão ao fim de cada estrofe, mesa após mesa. A menina de pé apoiada na mesa das mulheres é morena, muito bonita, muito novinha, talvez cinco ou seis anos de idade. Ela diz alguma coisa que elas não entendem. A mulher ladeira abaixo sacode a cabeça e faz um sinal para a menina ir embora. A mulher ladeira acima pega o Rough Guide de frases de cima da mesa. Ela folheia o livro. Iá su, ela diz enquanto folheia. A criança sorri. Ela fala num inglês tímido. Give me money, me dá dinheiro, diz a criança sorridente. Ela diz de uma forma sedutora, quase sussurrando. A mulher achou a página que quer.

Poch sas lene? a mulher diz.

Money, a criança fala.

Ela se aperta contra a perna da mulher e põe a mãozinha no braço da mulher. A mão está muito marrom por causa do sol. Pôson hrônon iste? a mulher diz, e aí fala para a outra, eu estou perguntando quantos anos ela tem.

É quando vão pagar a conta que a mulher ladeira acima descobre que o bolo de euros que tinha, dobrado bem no fundo do bolso, não está mais no bolso.

Não está em nenhum bolso.

Aí elas vão lembrar da criança se afastando e chamando o menino da sanfona, e depois dos dois desaparecendo entre as centenas de soldados de folga.

Foi um roubo perfeito, um ato artístico de tanta qualidade que a sua execução foi invisível. Em todo o caminho de volta para o hotel naquela noite a mulher ladeira abaixo, a que não teve o dinheiro roubado e que teve que pagar o jantar, vai ficar irritada consigo mesma por ter testemunhado um roubo tão perfeito e de alguma maneira não ter visto ele acontecer de fato. Ela vai se censurar por esse não ver. Vai sentir, enquanto caminham de volta para o hotel em que estão hospedadas, a pura injustiça da sua própria vida mais uma vez enquanto a mulher ladeira acima, caminhando junto dela, discute no celular por todo o caminho de volta às dez da noite com o atendimento vinte e quatro horas da companhia de seguro de viagem dela. Nenhuma delas vai perceber que os bares e restaurantes por que passam naquela zona turística do porto estão surreais com copos de cerveja monstruosos, copos de quase meio metro de altura; em todos os balcões, todas as mesas das calçadas, copos de cerveja com formato de botas de sete-léguas, com tiras e fivelas transparentes e línguas de couro transparentes esculpidas no vidro de que são feitas. É inverno. As árvores estão nuas. Uma mulher e um homem foram ver uma produção de uma peça no teatro. Ele comprou os ingressos há meses, no verão. Ela gosta desse tipo de coisa. Mas o tempo deles como casal está quase no fim, o homem sabe, porque viu como a mulher começou a desprezá-lo, ele viu sábado à noite, quando estava cortando abobrinhas à juliana para fazer salteadas, viu passar pelo rosto dela. Ele sente que o fim do amor deles deve ter alguma coisa a ver com o seu jeito de cortar vegetais. Ele não sabe o que mais culpar. Ele ficou sem graça na sua própria cozinha, e hoje à noite quando eles estavam comendo num restaurante perto do teatro ele não conseguiu encostar em nada de verde no prato.

No palco uma mulher se disfarçou para ir encontrar o amante na floresta; o amante foi banido pelo pai dela, o rei. A floresta fica cada vez mais fechada. A trama enlouquece. Ela toma o que acha que é um remédio e cai num sono tão profundo que parece a morte. Os novos amigos dela na floresta a colocam numa tumba, achando que está morta. Eles cantam uma canção em volta do corpo. A canção fala da morte ser um lugar já sem medo. Quando ouve essa canção o homem na plateia começa a chorar. Ele não consegue segurar. A canção é muito tocante. Ela pega a mão dele. Ela a segura. Ele para de chorar.

Ele não ousa abrir os olhos como se abrir os olhos significasse ela largar a sua mão. Por toda a volta dele, no escuro dos seus olhos fechados e aí na súbita luz acesa do teatro, na luz que surge tão subitamente através das suas pálpebras fechadas como surgiria se estivesse de olhos abertos, como se as pálpebras não fossem proteção, há súbitos aplausos. Intervalo. Já se foi metade da peça. É verão. As noites são longas e leves. Neste exato momento é o breve escuro do início das manhãs do verão, logo antes de surgir a luz. Uma jovem acorda ao lado da pessoa com quem acabou de ficar e vê alguém sentado ali no escuro na beira da cama. É uma velha que está mexendo as mãos, tricotando. A jovem sacode delicadamente a pessoa com quem acabou de ficar. Ela não ousa dizer nada em voz alta de medo que a velha se assuste. Mas a pessoa com quem ela acabou de ficar está dormindo pesado.

No dia seguinte no café da manhã ela descreve a figura à pessoa com quem acabou de ficar. Parece a minha mãe, a pessoa com quem ela acabou de ficar diz. A mãe da pessoa com quem ela acabou de ficar aparentemente está morta há uma década. Ela estava cantando? a pessoa com quem ela acabou de ficar pergunta. Estava, a jovem diz, estava sim, estava mesmo. O que ela estava cantando? a pessoa com quem ela acabou de ficar pergunta. Não sei, diz ela, mas tinha um pedacinho que era mais ou menos assim.

Ela canta uma melodia, que vai inventando na hora. Ela tenta fazer aquilo soar como se pudesse ser uma música de verdade. É uma mistura da Londonderry Air e de uma música de um disco que a mãe dela punha para tocar quando ela era pequena.

Não, acho que eu não conheço isso, a pessoa com quem ela acabou de ficar diz. Canta de novo.

A jovem canta um pedaço de uma música de novo mas não é o mesmo da primeira vez porque ela não lembra o que acabou de cantar. Ela vê a pessoa com quem acabou de ficar fechando o rosto. Ela canta uma música inventada de novo. Tenta fazer que seja o tipo de música que imagina que a mãe da pessoa com quem ela acabou de ficar cantaria.

Não, definitivamente não é a minha mãe, a pessoa com quem ela acabou de ficar diz. A pessoa com quem ela acabou de ficar larga uma xícara num pires tão decididamente que a jovem sabe que o assunto está encerrado. A jovem está desapontada. Ela agora quer mesmo que a figura na beira da cama tenha sido a mãe morta da pessoa com quem acabou de ficar. Mas e se *fosse* a sua mãe só que ela estava cantando uma música que por acaso você não conhece? ela diz. Deve ter *algumas* músicas que a sua mãe sabia e que você não sabe. É verão, mas está frio, singularmente frio mesmo. Hoje à noite está quase gelado. Um homem num restaurante está contando ao seu amigo sobre a morte de um soldado. O soldado que morreu era dez anos mais novo que o homem e foi um garotinho do mesmo bairro durante toda a adolescência do homem. Ele morreu num incidente de beira de estrada, é o que diz nos jornais. O homem está segurando um jornal dobrado. Lá dentro, na página cinco, tem uma reportagem sobre a morte de um soldado, mas, como a família do soldado pediu privacidade, não aparecem nomes, embora todo mundo no bairro saiba de quem estão falando os artigos nos jornais. *Ele morreu na heroica luta*, diz ali. Que luta heroica? o homem diz. Em toda a volta deles tem gente conversando e rindo. Eu ajudei ele a construir um carrinho de corrida, o homem diz. Preguei um volante velho no carrinho pra ele e prendi arame nas rodas pro volante funcionar. Eu estava com dezessete anos. Aí, quando ele ficou mais velho, a gente simplesmente se ignorava. Se a gente se via na rua, quer dizer. O amigo do homem sacode a cabeça. Ele não sabe o que dizer. É tão estranho, ele diz. É tão. É. É primavera. É um fim de tarde em abril, o primeiro entardecer mais brando da primavera. Um homem está no telhado chato da sua casa com uma mangueira, mirando um jato d'água num gato pequeno, preto e branco. Quando a água acerta o gato, o gato salta no ar e dá uma corridinha, e aí se volta e para e olha para o homem.

Anda, o homem grita. Ele sacode a mão no ar. O gato não se mexe. O homem mira a mangueira de novo. Ele acerta o gato. O gato salta espantado novamente, dá alguns passos, aí para e se volta para olhar para o homem lá atrás com os seus imensos olhos estúpidos de gato.

Ah, uma voz diz.

É uma voz bem aguda.

O homem verifica por todos os lados nos telhados e nos jardins das outras casas mas não enxerga ninguém.

Anda, ele grita de novo para o gato. Ele bate os pés no telhado.

Quando já escorraçou o gato até a ruela dos fundos com a água, o homem atravessa o telhado, recolhendo a mangueira. Ele entra pela janela e se vira para sacudir o bico da mangueira do lado de fora. É aí que ele vê o menininho, ou talvez seja uma menina, descendo de um dos sicômoros nos fundos das casas.

O menino ou menina está com uma coisa que parece um livro, ou talvez um embrulho de papelão, embaixo de um braço. Biscoitos? O homem observa ele ou ela achar um caminho seguro lá de bem alto nas árvores, passando o pacote de debaixo de um braço para debaixo do outro, com cuidado de galho em galho até que ele ou ela está a uma distância segura do telhado do alpendre no jardim mais embaixo. Aí o menino ou menina escorrega dali e some.

Naquela noite o homem não consegue dormir. Ele se vira na cama. Ele senta.

Uma criança acha que eu sou cruel, ele está pensando sozinho.

Na manhã seguinte ele quase se atrasa para o trabalho, não só porque acordou tarde, mas porque acaba indo ficar no telhado por muitos minutos e aí sai de casa mais tarde que o normal. Naquela noite ele pega um táxi, mas, embora chegue em casa meia hora mais cedo e corra direto para o telhado, está chovendo, e está nitidamente frio, bem mais frio que ontem.

Nem a pau que uma criança vai subir numa árvore com um tempo desses. A árvore ia estar escorregadia demais. Não ia adiantar nada ficar sentado numa árvore na chuva.

As folhas já estão quase aparecendo nessas árvores. Daqui a pouco vai ser verão. As pontas dos galhos contra o céu cinza parecem inchadas, ou acesas, ou como se tivessem sido pintadas com tinta luminosa.

Não parece que vai abrir. Não parece que alguma coisa vá acontecer hoje à noite.

Ele decide que vai esperar lá no telhado mais um pouquinho, só para garantir.

A terceira pessoa é um outro par de olhos. A terceira pessoa é um pressentimento de Deus. A terceira pessoa é um jeito de contar o conto. A terceira pessoa é uma revitalização dos mortos.

É um teatro de gente viva. É um ladrão inocente em miniatura. São milhares de botas que são feitas de vidro. É um completo mistério.

É uma arma que tem forma de ferramenta.

Ela vem do nada. Simplesmente acontece.

É uma caixa para a música infinita que está ali entre as pessoas, esperando ser tocada.

Fidélio e Bess

Uma moça está passando roupa numa cozinha numa prisão. Mas ela não é prisioneira, não. O pai dela é o chefe dos carcereiros; ela só mora ali. Um rapaz entra na cozinha e lhe diz que decidiu que ele e ela vão se casar. Eu te escolhi, ele diz. Ela o enrola um pouco. Ela sugere à plateia que ele é meio bobo. Aí ela canta uma música sozinha. É Fidélio que escolhi, é Fidélio que eu amo, ela canta. É Fidélio que me ama. É com Fidélio que quero acordar todo dia.

O pai dela chega em casa. Então, logo depois, chega também o próprio Fidélio, que parece estranhamente ser uma garota vestida de homem, e que por falar nisso está coberto de correntes. Não que Fidélio seja prisioneiro, não. Aparentemente as correntes tinham acabado de ser consertadas por um ferreiro (que nós nunca vemos), e Fidélio, o assistente do pai da moça, trouxe as correntes reparadas para o cárcere.

Mas parece que Fidélio não está muito interessado em casar com a filha do chefe. Fidélio, pelo contrário, tem um desejo desmesurado de se encontrar com um prisioneiro misterioso que fica na cela subterrânea mais funda e mais escura de todo o presídio. Esse tal prisioneiro está lá há dois anos e quase não recebe mais comida nem água. Isso é por ordem do comandante da prisão; o comandante da prisão quer que ele morra de fome. Trata-se claramente de um homem que fez algo muito mau, Fidélio diz, jogando verde — ou fez grandes inimigos, o que basicamente dá na mesma, o carcereiro diz, recostado magnanimamente na cadeira da sua cozinha. Dinheiro, diz ele. É a resposta pra tudo. A moça olha para Fidélio. Não deixe que *ele* veja o prisioneiro moribundo, a moça diz. Ele não suportaria, ele é só um menino, é um menino tão delicado. Não o exponha a uma visão tão cruel. Pelo contrário, Fidélio diz. Deixe-me vê-lo. Eu tenho a coragem e tenho a força.

Mas aí o comandante da prisão anuncia ao carcereiro, em particular, que decidiu mandar matar o prisioneiro. *Eu* é que não vou matar, o carcereiro diz quando o comandante dá a ordem. Muito bem, eu mesmo mato, o comandante da prisão diz. Vai me dar prazer. E eu lhe darei um saco de ouro se você for cavar uma cova pra ele no velho poço lá na sua cela.

Fica combinado. No Ato seguinte o carcereiro vai levar o menino Fidélio até a funda masmorra e eles vão cavar a cova do homem que, começamos a entender, é o marido aprisionado de Fidélio. Enquanto isso, com o Primeiro Ato chegando ao fim, Fidélio de alguma maneira conseguiu que todos os outros prisioneiros dali fossem liberados da escuridão das suas celas para o fraco sol da primavera no pátio da prisão durante alguns minutos.

Eles saem cambaleantes para a luz. Ficam parados ali, maltrapilhos, estonteados, dolorosissimamente esperançosos. São como uma falsa ressurreição. Erguem os olhos para o céu. É verão, eles cantam, e a vida é fácil. Os peixes saltam e o algodão está alto.*

Então eles todos se entreolham espantados.

Fidélio parece desorientado.

O carcereiro acena com a cabeça.

A batuta do regente tomba.

No poço, a orquestra para de tocar. Os instrumentos silenciam em plena música.

A moça que estava passando roupa no começo também está cantando. Ela é muito boa. Ela dá de ombros para o pai como se não pudesse evitar, não pudesse resistir. Teu pai é rico, ela canta, e tua mãe é bonitona.

Aí chega um homem num carrinho puxado por um bode. Ele para o carrinho no meio do palco. Todos se aglomeram em volta dele. Ele é negro. É o único negro em cena. Parece muito pobre e ao mesmo tempo muito impressionante. Quando a música acaba ele sai do carrinho. Atravessa o palco caminhando. Ele é manco. Manca muito feio. Ele diz para todos que está procurando Bess. Cadê ela? Ele ouviu dizer que ela está aqui. Ele não vai parar de procurar até encontrá-la. Ele lança um olhar para o carcereiro; ele olha sério por um momento para Fidélio. Acena com a cabeça para a moça. Ele se dirige a um grupo de prisioneiros. Isso aqui é Nova York? ele diz. Ela está aqui?

Sei, mas, você diz. Peraí. Sabe.

Mas o quê? eu digo.

---

* Trata-se, claro, conforme anunciado desde o título do conto, de uma intervenção da ópera *Porgy and Bess* e de sua ária mais famosa, "Summertime", no *Fidelio* de Beethoven, precisamente no momento de seu coro mais famoso, "O Welche Lust". Como a autora opta por não marcar graficamente esses *empréstimos*, decidimos manter apenas esta nota registrando o procedimento. (N. T.)

Não dá, você diz.

Não dá o quê? eu digo.

A cultura é fixa, você diz. Por isso que é cultura. É assim que vira arte. É assim que funciona. É por isso que funciona. Não dá pra ir mudando. Você não pode ir alterando assim sem mais nem menos quando quer ou porque quer. Você não pode revisar as coisas assim sem mais nem menos só pelo seu prazer ou coisa assim.

A bem da verdade eu posso fazer o que eu quiser, eu digo.

Sei, mas você não pode revisar o Fidélio, você diz. Ninguém pode.

Fidélio é só revisão, eu digo. Beethoven revisou Fidélio várias vezes. Três versões diferentes. Quatro aberturas diferentes.

Você me entendeu. Ninguém pode, por assim dizer, interjetar Porgy no Fidélio sem mais nem menos, você diz.

Ah, *por assim dizer*, eu digo.

Você não diz nada. Você fica olhando fixo para diante, pelo para-brisa.

Certo. Entendi, eu digo.

Você começa a cantarolar suavemente, num sussurro.

Mas acho que interjetar não é bem a palavra certa aqui, eu digo.

Eu digo isso porque sei que nada te irrita mais do que alguém achar que você usou uma palavra de um jeito errado. Você já começa a bufar.

É sim, você diz.

Acho que não é assim que se usa a palavra, eu digo.

É sim, você diz. E de qualquer jeito, eu não disse interjetar. Eu disse injetar.

Eu me inclino e ligo o rádio. Fico apertando o botão das estações até ouvir alguma coisa que eu reconheço.

Tudo bem você fazer isso, você diz, mas se for pra fazer, será que dá pra você pelo menos, antes da gente sair do carro, voltar pra estação que estava sintonizada antes?

Eu deixo numa estação qualquer, não tenho ideia de qual seja.

Em que estação estava? você diz.

Rádio 4, eu digo.

Certeza? você diz.

Ou 3, eu digo.

Qual? você diz.

Não sei, eu digo.

Você suspira.

Gilbert O'Sullivan está cantando aquela música sobre as pessoas que estão correndo até o juiz de paz para se casar. *Logo virá uma resposta tua. Depois uma minha.* Eu canto junto. Você suspira alto de novo. O suspiro afasta um pouquinho da testa a tua franja.

É tão lindo quando você suspira desse jeito.

Quando a gente chega ao estacionamento você se estica para o meu lado do rádio e aperta o botãozinho até o rádio chegar às vozes de um programa de comédia em que as celebridades têm exatamente um minuto para falar de algum assunto, sem se repetir. Se elas se repetem, recebem uma penalidade. Uma plateia está se matando de rir.

Quando você tem certeza de que é a Rádio 4, você desliga o rádio.

Nós somos um casal condenado. Tão condenado quanto naquele momento em que Clara em Porgy and Bess diz: *Jake, você não tá pensano de ir no Sea Gull pros arrecife, né? É tempo das tempestade de setembro.* Não, o Sea Gull, um barco ficcional, ancorado são e morto ao mesmo tempo na sua própria baía eterna, é menos condenado do que nós. Nós somos como o pró-

60

prio Cutty Sark, alto, elegante, real, comezinhamente colhendo o céu londrino com seus mastros e tornando-o maravilhoso, extraordinário, para as pessoas que saem da estação do trem subterrâneo ao entardecer, a nau-da-história graciosa contra o céu para todos que a veem e para todos que nem mais se dão conta dela de tão acostumados a vê-la, e daqui a apenas dois meses nada vai sobrar dela além de uma quilha queimada, concha de calcinadas tábuas.

Nós somos um casal condenado na terra e no mar; tão condenado no momento de um abraço no metrô quanto quando discutimos cultura no carro da tua parceira; tão condenado quando sentamos num bar nos encarando ou lado a lado no cinema ou na ópera ou no teatro; tão condenado quanto nós estamos quando nos cingimos nas diversas camas dos diversos quartos quase iguais que frequentamos, para o sexo que a tua parceira não sabe que fazemos. De todas as condenações que eu já cheguei a pensar que podia alcançar eu nunca imaginei uma tão classe média. Eu e você, de mãos dadas por baixo das cadeiras no Fidélio, uma ópera que você já tinha visto, a que você já tinha levado a tua parceira; e começou tudo de um jeito tão anárquico, tão feliz, só impulsivos beijos em público na estação King's Cross. *Mir ist so wunderbar.* Sou eu ali na cama de cento e vinte libras por noite, e você lá no banheiro, limpando minuciosamente os dentes.

Eu li no folheto da versão do Fidélio que eu tenho em CD que num trecho do começo da ópera, quando todos os quatro, a moça, o rapaz frustrado, a mulher vestida de homem e o carcereiro, estão cantando sobre a felicidade e todo mundo está entendendo os outros errado e acreditando que uma versão diferente das coisas é a verdade, que é aí que "o bate-papo de cozinha se transforma na música dos anjos". *Isso me é tão maravilhoso. Algo prendeu meu coração. Ele me ama, está claro. Serei feliz.* Só que wunderbar aqui não quer dizer o simples maravilhoso de sempre. Mas maravilhoso no sentido de estranho, incrível. *Isso me é tão estranho.* Eu queria lembrar o nome dela, a passadeira que ama Fidélio, a abertura cômico-ligeira do ato, a garota para quem aquilo não chega a acabar de verdade, a moça que tem que aceitar — com pouco mais que um lamento, que logo é modulado na mesma música que todos os outros estão cantando — o que acontece quando repentinamente se revela que o garoto Fidélio é Leonore, a esposa, e todos ficam ali pasmados com a sua fidelidade matrimonial, o seu profundo sacrifício altruísta. *O namenlose.*

O que é pior para ela, a passadeira? Fidélio ser na verdade Leonore, uma mulher, e não o rapaz que ela achava que era? Ou seu adorado Fidélio ser a esposa de outra pessoa, afinal, e assim, nessa ópera que trata da santidade do amor matrimonial, nunca, em momento algum, poderá ser seu?

Ah, minha Leonore, diz Florestan, o marido, o prisioneiro liberto, a Fidélio quando ela o desenterra, depois de se atirar entre ele e uma morte certa, entre ele e a espada sacada pelo comandante da prisão. Ponto de catarse. Ponto da verdade. Depois que ela faz isso, tudo no mundo inteiro muda para melhor.

Ah, minha Leonore, o que você fez por mim?

Nada, nada, meu Florestan, ela responde.

Sorte dela que ela estava armada, na minha opinião, senão os dois iam estar mortos.

Ah, eu tenho bastante de nada. E nada já me basta.

Ela é famosa por não ter resolução, você sabe, eu digo. Apesar de o fim parecer tão celebratório, tão Dó maior, tão imenso e consolador e seguro, ainda há uma sensação, por trás de tudo, de que muitas coisas não se resolveram. Veja a passadeira, por exemplo. Ela não se resolve, não é? Beethoven disse que Fidélio era o seu "filho da dor". Ele nunca mais escreveu outra ópera.

Seis meses atrás você nunca tinha ouvido falar de Fidélio, você diz.

Klemperer regeu a ópera em dois momentos históricos extraordinariamente diferentes, eu digo.

Eu estou folheando o livrinho que vem com a versão do Fidélio que você acaba de me dar. O CD novo é um dos meus presentes de Natal. O Natal é daqui a dez dias. A gente acabou de abrir os nossos presentes de Natal, num quarto de um Novotel. Eu te comprei um suéter bem bacana com cara de francês, abotoado do lado do pescoço. Eu sei que você provavelmente vai jogar a blusa numa lixeira na volta para casa.

Imagine, eu digo. Imagine reger essa ópera em 1915 no meio da Primeira Guerra Mundial. Aí imagine como foi estranho reger de novo nos anos 60, quando cada ceninha deve ter lembrado as pessoas de como significava algo diferente, pra um regente alemão, a história de todos os famelizados e tiranizados, enterrados vivos, por serem quem eles eram, por dizerem a verdade, por enfrentarem o status quo.

Famelizado não existe, você fala no meu ouvido.

Você diz isso com amor. Você está me abraçando. Nós estamos sem roupas. Você está quente atrás de mim. Você faz as minhas costas se sentirem abençoadas, por me abraçar assim. Eu sinto a curva dos teus seios nas minhas omoplatas.

Imagine tudo que Florestan deve ter representado, então, eu digo, para aquelas pessoas, naquela plateia em 1915, e depois em 1961.

É uma ópera, você diz. Não tem nada a ver com história.

Está certo, mas tem sim, eu digo. Ela é pós-napoleônica. Isso é óbvio. Imagine o que ela representava pra sua plateia em 1814. Imagine assistir ao mesmo momento dessa ópera em diferentes tempos históricos. Digamos o momento em que Fidélio pergunta se pode dar um pouco de pão velho ao prisioneiro. É a questão de se saber se um homem faminto pode ganhar um pouco de misericórdia. Todos os milhões de mortos da guerra estão ali, amontoados atrás daquele único homem. E a verdade sepultada, desenterrada. E a aurora de um novo dia, e os velhos fantasmas que surgem do chão.

Ãh rãh, você diz.

E se Fidélio tivesse sido escrita por Mozart? eu digo.

Mas não foi, você diz.

A festa toda teria sido com Fidélio vestido de homem, eu digo. A bazófia que Mozart teria dado a Rocco. A bela piada que a passadeira do começo teria se tornado, e o rapaz também, que pensa que pode simplesmente casar com ela porque decidiu que queria.

Você boceja.

Se bem que tem alguma coisa bem interessante em como Beethoven não força as personagens a serem engraçadas, eu digo. A passadeira, como é que ela se chama? Tem alguma coisa humana em como eles não são, sabe, construídos só pela piada.

Você me beija a nuca. Você usa os dentes no meu ombro. É permitido, você me morder. Eu gosto bastante de ganhar umas mordidas leves. Mas eu não posso te morder, para não deixar marca.

Eu ainda não tenho a menor ideia se você gosta ou não gosta de ganhar umas mordidas leves.

Não muito tempo depois de a gente se conhecer, quando eu disse que nunca tinha ouvido muito, não sabia muita coisa de Beethoven, você tocou alguma coisa para mim no seu iPod. Quando eu disse que parecia uma mistura de Jane Austen com Daniel Libeskind, você fez uma cara divertida, como se eu fosse uma criança inteligente. Quando eu disse que o que eu queria dizer era que aquilo era como tipos diferentes de arquitetura, como se um cômodo clássico do século XVIII tivesse subitamente se transformado num anexo pós-moderno, você balançou a cabeça e me beijou para me fazer parar de falar. Eu entrei de olhos fechados no beijo. Eu adoro o teu beijo. Tudo está ordenado, e óbvio, e compreendido, e civilizado, o teu beijo diz. É uma mentira de olhos fechados, eu sei, porque a música que eu não conhecia antes de te conhecer me faz abrir os olhos num lugar isento de sentimentalidade, onde a própria luz é um tipo de sombra, onde tudo é enviesado-fragmentado. Uns meses depois, quando eu disse que achava que era possível ouvir toda a história naquela música, todas as grandiosidades e tristezas da história, você fez uma cara meio irritada. Você tirou o iPod do meu colo e desplugou os fones de ouvido. Quando eu tirei os fones calados dos ouvidos você os enrolou cuidadosamente e colocou no estojinho especial deles. Você disse que estava ficando com enxaqueca. A impaciência tinha atravessado o teu rosto de um jeito tão firme que eu soube, naquele instante, que agora nós estávamos num tipo de casamento, e que a nossa casadidade provavelmente estava tornando a tua relação real mais palatável.

Às vezes um casamento precisa de três corações batendo como se fossem um só.

Eu conheci a tua parceira. Ela é legal. Dá para ver que ela é uma pessoa legal. Ela sabe quem sou eu mas não sabe quem eu sou. A roupa dela tem um cheiro fortíssimo do mesmo sabão em pó da tua.

Dez dias antes do Natal, cheirando a sexo numa cama alugada, com meia hora antes de você ter que pegar o trem das dez e meia para voltar para casa, eu estou com o novo Fidélio nas mãos. Eu estou pensando na passadeira, erguendo o inútil poder do seu imenso amor diante de Fidélio no Primeiro Ato como uma lasca de pedra morta que ela acha que é cheia de magia. Estou pensando na própria Fidélio, insuportavelmente honrada. Estou pensando em como ela entra no palco carregada de correntes que na verdade não a prendem a nada.

Eu abro a caixinha de plástico e tiro um dos discos brilhantes. Eu o seguro diante de nós e nós olhamos o nosso reflexo, as nossas cabeças juntas, no plástico com os espectros sulcados da primeira metade da ópera.

Então o casamento é uma questão de correntes? eu digo.

Ãh? você diz.

Ou uma questão do tipo de fidelidade que faz coisas mortas viverem de novo? eu digo.

Eu não tenho a menor ideia do que você está dizendo, você fala.

Eu encosto a cabeça na tua clavícula e me viro até a minha boca tocar no alto do teu braço. Eu sinto com os dentes a frente do teu ombro.

Não me morde, você diz.

Marzelline. É esse o nome dela.

Gershwin escreveu seis orações, que deveriam ser cantadas simultaneamente, para a cena da tempestade em Porgy and Bess. Como ópera, Porgy and Bess foi relativamente mal de bilheteria. Assim como as primeiras versões de Fidélio; foi só em 1814 que as plateias estiveram prontas para aclamar a ópera. No final de uma, todos os prisioneiros são libertados e todo autoengano a respeito do amor é irrelevante. No final da outra, não há nada a fazer a não ser sair à roda do mundo, uma perna boa e uma podre, em busca da adorada perdida. Acho que cê me pegou pra sempre, Porgy, Bess diz, antes de ir embora, embora, embora, embora, embora, embora, embora.

Será que eu me visto de menino e fico na frente da tua casa, com todas as janelas iluminadas para a festa de Natal de vocês, a música escapando para a escuridão? Será que eu fico no escuro e ataco com uma picareta ou uma pá a superfície rija da terra do teu quintal invernal? Será que eu cavo até me cobrir de terra e pó, até revelar a verdade toda, a casa de terra sob o solo? Será que eu sacudo o barro da longa corrente de ferro presa na laje de pedra bem no fundo da terra, sob as lindas lavandas, as anuais e perenes do teu jardim suburbano?

É sábado à noite. É verão numa calma rua quente de uma cidade portuária. Um homem toca um lamento sonolento ao piano. Alguns homens jogam dados. Uma mulher casada com um pescador faz um bebê dormir. O marido dela tira o bebê do seu colo e canta a sua própria versão do acalanto. Mulher é uma coisa de às-vezes, ele canta. O bebê chora. Todos riem.

Porgy chega em casa. Ele é aleijado; anda num carrinho puxado por um bode. Ele se junta ao jogo de dados. Um homem chega com uma mulher a reboque; o homem é Crown e a mulher é Bess. O trabalho dele é descarregar e carregar os navios. O trabalho dela é ser dele, e se manter feliz com pó feliz, drogas. Esses dados, Porgy diz enquanto os chacoalha, são a minha estrela da manhã e da tarde. E só vejam como eles nascem no céu e iluminam esse pobre mendigo.

Mas Crown está alterado pela bebida e pelo pó. Quando perde nos dados ele começa uma briga. Ele mata alguém com um gancho de algodão. Sai daqui, Bess lhe diz, a polícia vai chegar a qualquer minuto. Ao se mencionar a polícia, todos na rua desaparecem exceto o morto, a triste esposa do morto e Bess, que encontra todas as portas de todas as casas fechadas para ela.

Então, inesperadamente, uma porta se abre. É a porta de Porgy, o aleijado. Ela está prestes a entrar, mas no último momento não entra. Ao invés, ela se volta e olha para a lateral do palco. Tudo em cena para, segura a respiração.

A orquestra para.

Uma moça branca avançou das coxias. Ela fica de pé, parecendo desorientada, lá na franja do cenário.

Bess a encara. Porgy, ainda à sua porta, a encara. Serena, a esposa do morto, a encara. O morto, Robbins, abre os olhos, ergue a cabeça e a encara.

As portas das outras casas do cenário se abrem; as janelas se abrem. Todos os outros moradores de Catfish Row olham para fora. Eles saem das suas casas. Estão suando, por causa do calor sob as luzes da ribalta, sob a quente noite de verão. Ficam à distância, com o suor brilhando, com os olhos na moça branca com um ferro na mão.

A moça começa a cantar.

Uma irmão veio buscar suas irmãos, ela canta. Para ajudá-los se puder, de todo o coração.

Todos em cena olham para Porgy, o aleijado. Ele olha para Bess, que dá de ombros, e depois inclina a cabeça.

Porgy também inclina a cabeça. Ele abre mais a porta.

Contando um conto

A minha mãe estava sentada no alto da escada com o braço em volta do pescoço da cachorra, cujas patas dianteiras estavam no colo dela. Ela estava lendo um livro de Georgette Heyer. Não tinha chá. Não havia sinais de qualquer coisa para o chá na cozinha. O meu pai ia chegar em uma hora.

Eu fiquei no pé da escada um tempo. A cadela olhou para mim, animada, balançando o rabo. A minha mãe virou uma página e bocejou. Eu passei a alça da mochila pela bola da ponta do corrimão, abri a mochila, tirei os meus livros e o estojo e fui para a sala de estar. Eu tinha tarefa para amanhã. *Escrever uma notícia de jornal sobre a morte de Maria Stuart. Traduzir as páginas 31-33 de La Symphonie Pastorale de André Gide.* Eu odiava La Symphonie Pastorale. Era uma bobajada sentimental sobre uma ceguinha. Liguei para o trabalho do meu pai do telefone da sala. Ergui o fone com cuidado para o aparelho do corredor não fazer aquele plim que entrega que alguém está no outro aparelho.

Você vai ter que trazer batata frita, eu disse.

Eu estou ouvindo, a minha mãe gritou lá da escada. Se você está dizendo pra ele trazer batata, diz que eu quero hadoque.

Ela quer hadoque, eu disse.

Não dá pra você pôr alguma coisa no forno? o meu pai disse. A gente comeu peixe com batata três vezes essa semana.

Pra falar a verdade eu não posso pôr alguma coisa no forno porque não tem nada em casa, eu disse parada perto da porta, bem alto pra ela poder ouvir.

Tem gente em casa, isso não é nada, a minha mãe gritou lá do alto. E tem uma cachorra. Isso não é nada, gente e uma cachorra.

Eu não estou te escutando, eu disse para o meu pai. Ela está gritando aqui.

Eu desliguei e voltei para a mesa e escrevi o que a gente tinha anotado na aula dupla de história.

Um silêncio caiu sobre a multidão enquanto a rainha condenada era levada ao lugar de sua execução. Ela trajava cetim e veludo negros e se despiu, dizendo, "jamais tirei a roupa diante de tal companhia". Por baixo da roupa ela estava vestida de vermelho, e suas criadas puseram então longas mangas vermelhas nos braços dela e as prenderam com alfinetes à roupa de baixo. Ela sorriu e rezou e disse adeus àqueles que a tinham servido a vida inteira. Houve muito choro em volta. As criadas prenderam um pano branco sobre seus olhos e ela foi cambaleante pôr a cabeça sobre o cepo. A bem da verdade ela pôs também as mãos no cepo, mas por sorte alguém percebeu no último minuto ou elas também teriam sido cortadas junto com a cabeça. Então o executor tentou cortar-lhe a cabeça, mas na primeira vez ele errou e apenas abriu-lhe um pouco a cabeça. A execução foi bem executada na segunda vez e quando o executor ergueu-lhe a cabeça ela caiu das mãos dele e tudo que restou nelas foi uma peruca, e a linda rainha apareceu a todos como uma velha senhora com cabelo grisalho bem curto. Reza a lenda que os lábios dela ainda se moviam muitos minutos depois de sua cabeça ter sido cortada e que seu cachorrinho, que era da raça Skye Terrier, ficou escondido entre os panos da saia dela e depois se enrodilhou em volta do ponto entre os ombros onde a cabeça estivera, e depois morreu também, de saudade.

Era só um primeiro esboço. A ideia era a gente deixar tão parecido com uma reportagem de jornal quanto fosse possível. Eu dei uma relida e decidi o que era importante e o que não era, se fosse para um jornal, e coloquei os entretítulos e as colunas adequadas.

MUITO ELEGANTE
A rainha condenada foi
levada ao local da execução.
Um silêncio caiu sobre a
multidão quando ela surgiu.
Estava vestida com muita
elegância, com cetim e
veludo negros. Muitas
damas reconheceram seu
bom gosto.

CONSTRANGEDOR
A multidão segurou a
respiração enquanto ela
tirava quase toda a roupa.
Todas as pessoas que estavam
ali puderam quase ver como
ela seria sem roupas. Foi
constrangedor. Ela trajava
por baixo um vermelho vivo.
Adeus! disse a todos. Ela
sorriu um sorriso de rainha.

A multidão caiu no choro.
Ela era a Rainha do Povo.
Suas criadas ataram um
pano branco sobre seus
olhos.

DE PERUCA
Quando foi até o cepo,
ela tropeçou. A multidão
toda soltou ooohs! e aaahs!
Depois de dois golpes do
machado ela estava
miseravelmente morta. O
executor pegou sua cabeça.
Foi quando todos viram que
ela tinha cabelo grisalho
e usava uma peruca e não
era nem de longe tão linda
quanto as pessoas pensavam,
sendo na verdade bem mais
velha.

RAÇA NOBRE
Reza a lenda que ela ainda
falava muito tempo depois de
morta, conquanto ninguém
tenha relatado o que ela
realmente chegou a dizer.
Nós do DAILY NEWS
acreditamos que ela
provavelmente disse "Eu
estou morta. Não lamentem.

Por favor, não esqueçam
de alimentar direito o meu
cachorro depois do meu
falecimento". O cachorro
da rainha, um Skye Terrier,
uma raça nobre, não se
afastava dela nem depois
que ela já estava morta.
Depois ele não se afastava
do lugar onde antes estivera
sua cabeça. Depois ele,
também, morreu. E esse foi
o triste fim da raça nobre
personificada, a rainha
escocesa da Escócia, e
também de seu cão.

Eu ouvi alguma coisa rolando pela escada.

Meu Deus, como eu odeio esses livros de merda, a minha
mãe estava gritando. É tudo uma bosta. Eu nunca mais vou ler
um livro desses na vida.

Ela deve ter jogado o livro escada abaixo. Deve ter sido isso
que fez o barulho. Ou isso ou ela tinha jogado a cachorra.

Eu nunca tinha ouvido ela falar palavrão assim.

Achei muito feio.

A minha mãe pirou, eu disse para a minha amiga Sandra no
dia seguinte na escola.

A minha também, a Sandra disse. Ela só fica cozinhando
e colocando tudo nuns tupperwares no freezer. É porque os vizinhos compraram um freezer e aí o meu pai comprou um pra

gente, um enorme que fica lá na garagem, e parece que ela não aguenta pensar que ainda tem espaço no tal do freezer e aí fica congelando tudo.

Não, tipo louca mesmo, eu disse, não só louca normal. Ela não faz comida. Diz que eu tenho que chamar ela pelo nome de verdade.

Como assim, nome de verdade? a Sandra disse.

Margaret, eu disse. Ela fica dizendo que é o nome com que ela nasceu. Ela não atende por nenhum outro nome mais. Quer dizer, eu não posso chamar ela, tipo, Margaret. Eu não consigo dizer, volto às dez, Margaret, vou sair com o Roddy. Eu não consigo dizer, cheguei, Margaret, quando eu chego em casa depois da aula. Fica bobo.

É, a Sandra disse. É mesmo.

Ela deu uma risada que não era bem uma risada, como se eu tivesse contado uma piada que ela não entendeu.

Começou mês passado, eu disse. Ela começou a dizer umas coisas tipo, eu sou uma pessoa, e essas coisas assim. Aí ela estava só, tipo, vendo televisão tem umas semanas, aquele programa The Good Life, era alguma coisa sobre a grã-fina cantando no coro. E ela levantou e disse, eu não sou mais a sua mulher, pro meu pai, e eu não sou mais a sua mãe, pra mim. Aí ela saiu de carro e a gente não sabia aonde ela tinha ido, e quando ela voltou eram duas da madrugada e a gente pensou que ia ficar tudo bem, mas no dia seguinte ela ainda estava dizendo essas coisas.

Ah, a Sandra disse.

A Sandra era a minha melhor amiga, mas estava caminhando um pouco mais afastada de mim. Ela estava ouvindo mas estava olhando para o chão, e não para mim, como se alguma coisa desconcertante estivesse caminhando meio metro na frente dela.

A pior coisa é que agora ela fala palavrão pra caralho, eu disse.

Mas era como se eu tivesse contado para a minha melhor amiga que eu era gay, ou alguma coisa bizarra assim, e tivesse deixado ela com vergonha alheia.

Pois é, aliás, ela disse. Eu não posso ir a pé com você às quatro hoje. Eu tenho que ir pro centro da cidade com a minha mãe.

Se fosse eu, imagine só, eu ia ter que ir pro centro com alguém chamado Margaret, eu disse. Eu ia dizer, eu não posso ir a pé com você porque eu tenho que ir pro centro com a Margaret. E você ia ficar tipo, que Margaret?

É, ela disse. Rá rá.

Como é que é o nome da sua mãe afinal? eu disse.

Ãh, é Shona, ela disse. Tchau.

Imagine só, eu gritei pra ela. Imagine que você está indo pro centro com a Shona, e não com a sua mãe.

Ela virou em outra direção sem olhar para trás, e já não podia me ouvir. A gente foi cada uma para sua aula; eu ia fazer língua estrangeira e história, ela ia fazer geografia e ciências.

Quando eu cheguei em casa a minha mãe tinha cortado a sebe no fundo do quintal, o que significava que não tinha mais nada entre o nosso quintal e a linha do trem. Não tinha mais cerca no fundo do jardim. Nem sinal da cachorra.

Olha, a minha mãe falou. Agora a gente pode ver bem mais longe.

Agora o pessoal da estação pode ver a nossa casa inteira por dentro, eu disse. A galera do trem não vai gostar de você ter feito isso.

Ela sentou na grama entre os ramos da sebe.

Você já foi uma pensadora bem mais livre, ela me disse.

Eu estou ficando sem roupa limpa, eu falei. Eu não tenho mais quase nada pra vestir que não precise lavar. Eu não sei mexer com a máquina. Nem o papai.

Vocês dão um jeito, ela falou.

Ela suspirou. Olhou para cima. Ela disse, olha só!

Eu olhei, mas era só um melro numa árvore. Eu suspirei também.

O que é que tem pro chá? eu disse.

Você é que nem eu, ela disse. Você é tenaz.

Eu não tenho nada a ver com você, eu disse.

Eu virei e entrei em casa, para ligar para o meu pai.

Vocês vão ficar bem, ela gritou para mim.

Não, eu não vou não, eu gritei de volta por cima do meu ombro.

Sem saída

Eu estou na cama. São três horas da manhã. Nada de sono. Viro de lado. Viro de costas de novo. Hoje de noite eu estava no cinema vendo um filme e vi uma mulher que estava sentada na minha fileira levantar no meio e descer a escada no escuro. Ela empurrou a barra da porta da saída de incêndio, a que fica do lado esquerdo da tela. A porta bateu atrás dela, e eu sabia, porque conheço um pouco o prédio, que ela tinha saído pela saída de incêndio ilegal, que na verdade não dá em lugar nenhum. Por trás daquela porta só tem um lance de escada que desce e duas portas trancadas.

Eu dei uma olhada em todo mundo que estava vendo o filme. Era um filme britânico novo sobre as relações entre o Oriente e o Ocidente. Bem ali na tela um homem de bigode estava ameaçando um homem de cabelo espetado com uma faca de cozinha.

Eu olhei de novo para a saída de incêndio. O letreiro em cima estava aceso, com a palavra SAÍDA e o desenho de um homenzinho verde correndo. Mas as portas estavam fechadas, e era como se ninguém jamais tivesse passado por elas.

Eu fiquei imaginando se mais alguém sentado ali comigo sabia que não tinha como sair dali, e não tinha como voltar depois que as portas tivessem travado atrás de você. Fiquei imaginando se era só eu na plateia toda que sabia. Eu me disse que se ela não tivesse voltado à cadeira dela até o fim do filme eu ia contar a quem quer que fosse que tinha vindo ao cinema com ela que eu tinha visto aonde ela tinha ido. A gente ia descer a escada e abrir a porta e ela ia provavelmente estar ali paradinha pacientemente do outro lado esperando alguém abrir para ela voltar à sala.

Eu não conseguia me concentrar no filme.

Talvez a mulher tivesse pensado que era o caminho do banheiro. Ou, numa perspectiva mais otimista, talvez ela trabalhasse no cinema. Provavelmente tinha entrado lá de propósito. Provavelmente tinha a chave de uma das portas trancadas de lá.

O filme terminou sem nada resolvido na trama. As luzes acenderam. O cinema esvaziou. Eu saí, também, com todo mundo, e quando estava saindo vi que ainda tinha uma blusa em cima da cadeira em que ela estava e uma bolsa ali enfiada embaixo da cadeira. Mas eu subi a escada até a saída propriamente dita. Passei direto pelos funcionários sem falar com eles. Eles provavelmente iam sacar sozinhos quando achassem a bolsa e a blusa. Eles iam perceber que tinham que descer até aquela saída e dar uma verificada.

Mas aqui estou eu agora, sem pregar o olho no meio da noite e me perguntando se ela ainda está lá dentro, do outro lado daquela porta.

Eu sei uma história sobre aquela saída de incêndio lá embaixo, uma vez você me contou no cinema.

Foi antes de a gente se conhecer direito, uma das primeiras

vezes que a gente foi até aquele cinema. O filme que a gente tinha ido ver tinha acabado. Os créditos estavam passando, imensos sobre as nossas cabeças. A gente levantou. Você se esticou e apontou e enquanto você bocejava eu via a sua boca limpa e úmida por dentro, e a sua língua se desenrolando.

A bem da verdade é ilegal, você disse no meio do bocejo. Não devia ser permitido. Eu não sei como eles passaram por cima do povo que fiscaliza isso.

O cinema tinha sido convertido de cinema velho em cinema novo. O térreo agora era um pub que alardeava que vendia a cerveja mais barata da Grã-Bretanha; sempre tinha gente vomitando na frente desse pub. Em cima dele ficava o novo cinema, três telas enfiadas no esqueleto da metade de cima do cinema velho, o que significava que o cinema novo sempre estava com cheiro de fritura e às vezes o barulho do pub se infiltrava por entre a trilha sonora de qualquer filme que você estivesse vendo. Naquela noite a gente tinha visto um filme com o Ralph Fiennes, alguma coisa meio russa. Paixão proibida, talvez. A Liv Tyler não estava no filme? Tinha balalaica na trilha sonora, ou de repente eu estou misturando com Doutor Jivago. Eu estou na cama agora e tentando lembrar. Eu não lembro muita coisa que acontecia no filme, só que tinha umas cartas de amor e um monte de peles e de neve.

Vem, você disse. Eu te mostro.

Ninguém nem percebeu o que a gente estava fazendo. A porta era pesada, duas folhas de metal pintadas de vermelho. Você se apoiou na barra para abrir uma folha, aí se ajoelhou, tirou um jornal da bolsa, escolheu um dos menores cadernos, dobrou em dois e enfiou embaixo da porta quase fechada. Assim ela ficou aberta só um tiquinho — nem bem aberta, nem bem fechada.

Ali atrás da porta de incêndio o ar aconchegante do cinema

simplesmente acabava. A escada era de concreto. Tinha cheiro de desinfetante. As lâmpadas no teto da escada estavam expostas. A gente desceu dois lances de escada e chegou a uma porta. Estava trancada. Parecia que ninguém usava aquela porta havia muito tempo. Tinha outra porta bem do lado daquela. Não tinha maçaneta do lado de fora. Eu empurrei com o corpo. Não cedia.

Você me contou que um amigo seu que era gerente do bar do cinema tinha te levado pra conhecer o cinema quando abriu. Era aqui, ele te disse, que ele tinha vindo com uma das funcionárias novinhas, procurando três engradados de suco de fruta em garrafa que tinham sido entregues por uma porta dos fundos, pelo menos foi o que ele disse para ela, quando a saída de incêndio fechou com o próprio peso atrás deles e eles desceram a escada e se apoiaram nas paredes. Eles transaram algumas vezes. Aí eles descobriram que ali não tinha sinal de celular e começaram a entrar em pânico. Eles correram de novo escada acima e bateram na porta trancada. Eles gritaram, mas não dava para ouvir nenhum som do cinema lá dentro, e nem o barulho do pub mais barulhento da cidade atravessava aquelas paredes grossas de tijolo à vista.

Eles ficaram ali um dia e meio, você me contou enquanto a gente ficava olhando os degraus nus, até que uma zeladora que estava procurando algum lugar para fumar um cigarrinho escondida abriu a saída de incêndio e encontrou os dois ali em cantos separados com os braços em volta do corpo, gelados no concreto. Era inverno, você explicou.

Foi aí que eu comecei a entrar em pânico também, com medo que o caderno de Artes e Livros que você tinha dobrado agora há pouco não tivesse corpo para segurar o peso da porta e que quando a gente voltasse lá para cima ela tivesse fechado sozinha, deixando a gente atrás de vários centímetros de metal sem ter como abrir, e foi exatamente aí que você me empurrou contra os blocos de cimento e me beijou suave, e depois mais firmemente, na boca. Eu penso nisso agora e alguma coisa dentro de mim age como um clichê de cinema, parece que as minhas entranhas são um violão, oco, e a simples ideia incorpórea do movimento das suas mãos pode fazer o que quiser, uma vez, e de novo, e de novo, com as cordas.

Alô? você diz. Como?

Você parece meio grogue.

Sou eu, eu digo.

São três e meia da manhã, você diz.

Eu só queria saber como você está, eu digo.

Você não pode fazer isso, você diz. Não é justo. Não é razoável. A gente tinha combinado que não ia fazer assim. A gente jurou.

Eu só preciso te perguntar uma coisa, eu digo.

Jesus, você diz. Eu estava dormindo. Eu tenho que levantar daqui a três horas.

Eu não estava conseguindo dormir, eu digo.

Bombas? Terroristas? Londres em chamas? Fim do mundo? Dia ruim no trabalho? você diz.

Bom, sabe aquela saída de incêndio no cinema novo, eu digo.

Aquela o quê? você diz.

A saída de incêndio que não é saída, eu digo.

Não é o quê? você diz.

O que eu estava pensando, eu digo, era se você ia ou não ia, se se prendesse ali, bom, não você, eu estou falando de alguém qualquer, se alguém se prendesse ali e a porta tivesse fechado e todo mundo tivesse ido pra casa, você acha que ainda ia ter alguma luz ali?

Ãh, você diz.

Você acha que tem um quadro geral de luz naquele cinema em que eles desligam todas as luzes, inclusive as dos corredores dos fundos e das escadas, no fim do dia? eu digo. Quer dizer, e se alguém ficasse preso ali e ninguém soubesse que ela ou ele estava lá? Quer dizer, será que ele ou ela ia estar lá parado esperando alguém chegar procurando por ele ou ela, e aí de repente a luz ia simplesmente sumir e pronto, ia ficar escuro ali até alguém em algum lugar chegar no dia seguinte e ligar todas as luzes do prédio de novo?

Tá, mas que tipo de saída de incêndio não tem saída? você diz.

Ou você acha que a luz fica acesa o tempo todo lá, eu digo, como uma luz de emergência, independente do cinema estar aberto ou fechado?

Parece ilegal na minha opinião, você diz. Onde que é isso?

Você não lembra? eu digo.

E o negócio é que você não lembra. Você não lembra de nada disso, nem de me mostrar, nem de dobrar a revista para deixar a porta aberta. Você não lembra de a gente chamar aquela escada de trepada na volta para casa. Você não se lembra de nada.

Volta pra cama, você diz. Me liga de manhã. Me liga na hora do almoço. Vai dormir agora. É de madrugada. Eu te ligo amanhã. Boa noite.

Então eu faço o que você mandou. Eu volto para a cama. Mas aí como você me mandou fazer e eu fiz, eu fico de saco cheio comigo e jogo o edredom para longe. Ele cai no chão.

Eu sento no chão, me enrolo no edredom e fico no escuro.

Eu me pergunto por que eu não fui ajudar a mulher, ou pelo menos não fui ver se ela precisava de ajuda. Eu me pergunto por que eu simplesmente não mencionei aquilo para um funcionário na saída. Por que eu fiz uma coisa dessas, por que eu simplesmente saí do cinema daquele jeito, sem abrir a boca, apesar de saber que alguém podia estar com problemas?

O telefone toca na minha mão. A tela diz que é você.

Eu te acordei? você diz.

Acordou, eu minto. Eu estava dormindo pesado mesmo. Acordou.

Desculpa, você diz.

Tudo bem, eu digo. Agora estamos quites.

Eu lembrei uma coisa que eu queria te contar, você diz.

Sobre o cinema e a saída? eu digo.

Não, sobre eu voltando do centro pra casa a pé ontem, você diz.

Você me conta que estava simplesmente caminhando na rua na direção do seu apartamento novo e alguma coisa bateu na sua cabeça, quicou e bateu na rua na sua frente. Você olhou para a calçada. Era uma embalagenzinha minúscula de leite do McDonalds, balançando de um lado para o outro. Um ônibus acabava de passar por você. No andar de cima tinha um monte de menininhas adolescentes. Elas estavam te mostrando o dedo pela janela de trás. Aí você viu elas passarem por outro pedestre, uma mulher que estava na sua frente. As meninas jogaram um punhado das mesmas embalagenzinhas de leite da janela mais alta na mulher. Algumas acertaram. Ela viu as meninas do ônibus mostrarem o dedo para ela. Ela parou na rua. Ela se abaixou e pegou uma das embalagenzinhas de leite e jogou de volta contra o ônibus.

Isso me faz rir. Você também está rindo; nós estamos rindo nos nossos ouvidos em quartos diferentes, em casas diferentes, em diferentes partes da cidade, às quatro da manhã.

Está ficando claro lá fora. Os passarinhos estão acordando. Eu fico pensando como é que seria ficar no escuro e talvez nem saber que horas são. Eu te conto da mulher, de como ela saiu pela porta de incêndio, e das coisas que ela deixou em cima e embaixo da cadeira.

Não tem saída ali, eu digo. Muito me impressiona você não lembrar. Tem só uma porta trancada, e outra porta trancada do lado.

Bom, agora você não pode fazer mais nada, você diz. Alguém há de ter achado a mulher, você diz. Eles provavelmente já resolveram a situação, você diz. A fiscalização deve ter obrigado eles a fazer uma saída de verdade a essa altura, você diz. Ela há de ter atravessado a parede que nem aquele cara que uma vez você me disse, você diz.

Que nem qual cara? eu digo.

O cara que caiu entre a parede e o isolamento acústico, você diz. No cinema, na sua cidade, quando você era criança. Você que me contou essa história. Certeza que foi você que me contou. Lembra?

Não, eu digo.

Lembre, você diz. Eu tinha tido um dia horroroso no trabalho. Eu queria pedir demissão, mas não podia, por causa dos empréstimos. Eu estava um trapo, lembra?

Eu lembro de você se sentir um trapo várias vezes, eu disse.

Não seja cruel, você disse. Eu estava supermal e você me pôs na cama e se enroscou bem pertinho de mim, eu estava embaixo das cobertas e você estava por cima, e você me contou a história. Você disse que o seu pai um dia tinha voltado do trabalho e contado aquilo na mesa do jantar e que você nunca tinha esquecido. Você disse que um cara tinha ido na agência de empregos e contado a história para ele no balcão. E depois que você contou eu caí no sono, e de manhã eu fui trabalhar e foi naquele dia que eu pedi as contas.

Eu lembro de você pedir as contas, eu digo, mas não lembro de nenhuma história de nenhum, como é que era, isolamento acústico?

Eu vou te contar de novo, você diz. E aí, na melhor das hipóteses, você vai voltar pra cama e vai dormir. E eu também.

Tá, mas agora não vai dar, eu digo. Agora que você me mandou ir dormir isso só vai me deixar mais tempo de olho arregalado.

Nós rimos de novo. Isso me enche de esperança e de tristeza ao mesmo tempo.

Aí de manhã, você diz, se você ainda estiver se incomodando com isso, você pode ligar pro cinema e perguntar se alguém veio pegar a blusa e a bolsa, e se eles disserem que ainda estão com as coisas nos Achados e Perdidos você pode falar da mulher.

Aí você me conta a seguinte história. Depois que você conta a gente desliga e eu volto para a cama. Eu rearrumo o edredom em volta de mim. Eu me ponho dentro dele. Eu me digo enquanto caio no sono que quando acordar eu vou ligar para o cinema e ameaçar fazer uma denúncia se eles não transformaram aquela saída de incêndio numa saída de verdade para a rua com uma barra antipânico de verdade, fácil e simples.

Um cara está trabalhando num cinema. Isso é nos anos 60 e todos os cinemas locais estão sob pressão para se adaptar às mudanças. É tela grande ou nada. É isolamento acústico e som quadrifônico ou salão de bingo.

O cara está ajudando a erguer uma parede interna paralela à parede principal do prédio. A parede nova é para o isolamento acústico. É uma parede de Drywall. Como o cinema é grande, com balcões e tudo, a parede nova tem mais de vinte metros de altura e o cara está trabalhando bem no alto, parafusando. Mais uns poucos painéis e vai chegar no teto.

Ele se debruça sobre a parte de cima. A parede dobra. Ele escorrega no andaime e cai entre as duas paredes.

Como as paredes ficam separadas só por um metro ele vai batendo e se apoiando numa ou na outra enquanto cai, o que diminui a aceleração. Ele chega no chão só com uns arranhões e uns hematomas e, depois ele descobre, com um pulso quebrado. Ele não sabe ao certo se quebrou o pulso na queda ou no ato de sair dali, porque quando ele se levanta e se espana, miraculosamente quase ileso, está preso entre as duas paredes.

Ele fica ali, ensanduichado entre elas no escuro, por menos de um minuto. Aí ele se vira para a parede nova e dá um chute. Ela não cede. Ele chuta de novo. Ele chuta e soca e se joga contra a parede até fazer um buraco no Drywall. Aí ele rasga uma saída. Ele nunca soube que era tão forte. Os colegas dele, que estavam correndo de um lado para o outro na frente da parede interna que nem uns gatinhos assustados, dão-lhe tapinhas nas costas.

Mas a empresa que está convertendo o cinema despede o cara por "desperdício de tempo" e "destruição de propriedade do cinema". Ele pega a papelada com a mão menos dolorida e sai do prédio. Vai ao médico naquela tarde, cuida da inscrição no seguro-desemprego e do pulso.

Seis semanas depois ele vai à agência de empregos para ver se tem algum serviço parecido para ele.

A segunda pessoa

Você é demais. De verdade.

Isso é o tipo de coisa que você era capaz de fazer. Vamos dizer que você está na frente de uma loja de instrumentos musicais. Você ia entrar naquela loja e comprar um acordeão assim sem mais nem menos. Você ia comprar um que custasse centenas de libras, um dos bem grandões. Ia ser uma coisa imensa. Ia ser uma coisa bem pesada até pra erguer ou carregar pro outro lado da sala, quem dirá chegar a tocar de verdade.

Você ia comprar esse acordeão exatamente porque você não sabe tocar acordeão.

Você ia entrar na loja. Ia direto pro lugar onde eles têm os acordeões. Você ia ficar ali olhando pra eles pelo vidro da vitrine. Quando a pessoa da loja, que tinha percebido você assim que você entrou — em parte porque você estava com cara (você sempre está com essa cara) de alguém com um objetivo e em parte porque você por acaso é, é mesmo, muito atraente —, viesse direto pra te atender, você ia apontar o que você queria. A loja provavelmente não ia ter tantas marcas de acordeão, talvez só cinco ou seis. Você ia apontar o que tivesse o nome que você achasse mais bonito. Você ia gostar do som de uma palavra como Stephanelli mais do que você ia gostar do som de uma palavra como Hohner. Também ia ser o que você achasse mais bonito, com um estojo (se é que é esse o nome daquilo) de uma madeira marrom clara, uma boa cor bem normal; as outras marcas de acordeão na vitrine iam ser laqueadas demais pra você, envernizadas demais, menos prontas pro mundo.

Quando a pessoa perguntasse se você ia querer testar o Stephanelli antes de comprar, você simplesmente ia entregar o cartão do banco pra ela. Você ia levar o acordeão pesadão pra casa. Ia sentar aqui no sofá e içar aquilo do estojo e pôr no colo. Você ia apertar o botão ou soltar a tira de couro ou sei lá o que que segura as pregas fechadas. Você ia deixar ele se abrir pesadamente como uma imensa asa única. Você ia deixar ele se encher de ar como um imenso pulmão único.

Mas aí essa ideia do acordeão ser como uma asa única ou um pulmão único ia te incomodar. Então você ia fazer o seguinte. Você ia voltar àquela loja. E embora você na verdade não tenha dinheiro pra isso, embora você não saiba nem tocar um acordeão, quem dirá mais que um, e embora tocar dois acordeões ao mesmo tempo seja na verdade humanamente impossível, você ia chamar a atenção da mesma pessoa e apontar de novo pra vitrine, pro acordeão perto do espaço aberto pelo que você acabou de comprar.

Aquele ali também, por favor, você ia dizer.

É assim que você é.

Não é não, você diz.

Eu sinto você se irritando do meu lado.

Isso não tem nada a ver comigo, você diz.

Você se mexe do meu lado no sofá. Você mexe o braço, que estava acomodado ali entre nós encostado em mim como que me encorajando. Você finge que está fazendo isso porque precisa pegar a xícara de café.

Eu não quis dizer assim de um jeito horrível, eu digo. Eu quis dizer de um jeito legal.

Mas você agora se inclinou para a frente, sem olhar para mim, desviando os olhos.

O que é mais impressionante em você, você diz ainda desviando os olhos, é que depois de tantos anos, tantos anos de diálogo entre a gente, você acha que tem direito de decidir simplesmente, como se você fosse Deus, quem eu sou e quem eu não sou e como eu sou e como eu não sou e o que eu faria e o que eu não faria. Bom, não é assim. Só porque você está, sabe, com uma vida nova e um amor novo e um novo dia da aurora ao entardecer e tal e tudo novinho e reluzente que nem alguma música pop esplendorosa, isso não me transforma numa ficção que é algum brinquedinho seu ou alguma musiquinha velha, manjada e gasta que você pode decidir nem ouvir mais ou decidir deixar repetindo no ouvido toda hora que te der vontade pra você se sentir melhor com os seus problemas.

Eu não preciso me sentir melhor com os meus problemas, eu digo. E eu não estou brincando com nada aqui. Não estou deixando nada repetindo.

Mas conforme eu digo isso eu percebo que tem alguma coisa fora do lugar no parapeito da nossa janela. Tem o que parece ser um pedaço de madeira ali que eu nunca tinha visto. É coisa nova, como o espelho novo no banheiro, as roupas na cozinha perto da lavadora que não são bem o seu estilo, o tênue vestígio no ar do que foi a nossa casa do cheiro de algo ou de alguém diferente.

Você não põe o braço de volta onde ele estava. Então eu

me mexo também. Eu faço parecer que estou me mexendo para ficar mais confortável, para me apoiar no braço de lá do sofá. Eu olho o ponto do braço do sofá onde está o círculo antigo da xícara de café. Está ali há anos, a gente fez o círculo logo depois de comprar esse sofá. O aspirador não deu jeito. Esfregar com uma escova e um negócio tipo um produto de limpeza só deixou a área de veludo em volta menos aveludada, tornando aquilo ainda mais óbvio. Eu não lembro quem de nós é responsável pelo círculo, quem de nós largou a xícara que deixou a marca pra começo de conversa. Eu tenho quase certeza que não fui eu, mas não lembro assim sem erro. Eu percorro o círculo com o dedo, e aí percorro o quadrado de veludo gasto em volta dele como um estojo.

Jesus, você está dizendo agora perto de mim. *É assim que você é.*

Você diz isso numa voz que era para ser a minha, apesar de não soar nada como a minha, na verdade.

É assim que você é, eu digo. Eu digo com a voz de arremedo que você acabou de usar.

Você mudou pacas, você diz.

'Não mudei não, eu digo.

Você anda tão hipócrita, você diz. Você é tão inacreditável que se fosse você que entrasse naquela loja de instrumentos que você acabou de inventar pra eu parecer um monte de extravagância, excentricidade e estupidez e —

Eu nunca disse nada que tivesse a ver com estupidez, eu digo. Nem com excentricidade.

Disse sim, você diz. Você sugeriu que eu sou só extravagância e excentricidade. Você sugeriu, com a sua historinha em que eu compro instrumentos que nem sei tocar, que eu sou uma pessoa ridícula e cômica.

Não sugeri, eu digo. A bem da verdade eu estava tentando sugerir —

Não me interrompa, você diz. Você sempre —

Não é verdade, eu digo.

Eu sei o que é que você ia fazer naquela loja, você diz. Eu sei como é que ia ser na hora que você abrisse a porta.

O quê? eu digo. E aí? Como é que é, então? Como é que eu ia fazer?

Eu sei exatamente o que você ia fazer lá, você diz.

Anda, eu digo. Anda, então. Eu estou morrendo de vontade de saber exatamente o que você pensa de mim.

Você ia abrir a porta, você diz —

Aposto que eu sei, eu digo. Eu aposto que eu abro a porta e vou tipo bem peremptoriamente até o balcão e peço pra ver tudo quanto é instrumento de corda da loja, e aí eu sento na frente do balcão até a pessoa me trazer o primeiro, é um violão, e ela larga o violão na minha frente. E quando ela vai pegar o próximo eu tiro um alicate da bolsa. E eu pego a primeira corda do violão e prendo com a parte afiada do alicate e corto até ela estalar. E aí eu corto a outra corda. E aí eu corto a outra corda. E a outra, até ter acabado com todas as cordas e ficar só esperando mais um violão. É isso que acontece? E aí eu corto todas as cordas de todos os instrumentos de corda da loja? E eu me divirto especialmente cortando as várias cordas da bela harpa que estava na vitrine? É isso que acontece? É assim que eu sou?

Você está me olhando, em estado de choque.

Não, você diz.

Mas é isso que você queria pensar, não é? eu digo. É isso que você queria pensar de mim.

Você está me olhando agora com olhos cautelosos e magoados. O que eu ia dizer era o seguinte, você diz. Você quer saber o que eu ia dizer?

Não, eu digo.

Você abre a porta, você diz, e é como se você tivesse entrado num musical de Hollywood.

Ah, sei. Saquei, eu digo.

Tem uma trilha sonora bem alegrinha, você diz, que começa quando você abre a porta e o sininho em cima da porta tilinta de leve. E você está no lugar que tem os pianos todos, e tem um cara sentado ali só tocando o comecinho de uma música como *Taking a chance on love* ou *Almost like being in love* ou não, não, eu sei qual é, é *A tisket, a tasket, I lost my yellow basket*. E você não tem como evitar, você se debruça por cima do piano pra falar com o sujeito e você diz, você sabia que essa música foi um supersucesso com a Ella Fitzgerald apenas um ano antes da Billie Holiday cantar *Strange Fruit*? E se você colocar as duas uma do lado da outra pra comparar você tem uma bela imagem das políticas raciais e do que era aceitável e era verdade naquele dado momento da história recente? Pare pra pensar, você diz pro sujeito. As duas na verdade só falam de cor, mas uma é sobre o que realmente está acontecendo no mundo, e a outra é um exemplar de nonsense absurdista, tipo uma negação de que as palavras sequer possam significar alguma coisa, sobre uma menina que perde uma cesta amarela e não sabe onde pode achar. E adivinha só qual delas foi um supersucesso nas paradas e ficou em primeiro lugar por dezessete semanas?

Então eu sou do tipo sabetudo, eu digo. Sei. Saquei.

E o cara sorri pra você e continua tocando, você diz, e aí outra pessoa em outro piano entra também harmonizando, e aí outra pessoa em outro piano, até que a sala toda está uma bagunça generalizada de harmonias felizes dos pianos, e você entra na sala ao lado onde ficam à venda os violinos e tal, você ainda está ouvindo os pianos no fundo, e aí três meninas bem bonitinhas nos violinos pegam a melodia também, e é romântico, a música se transformou numa versão bem romântica de si própria. E você diz pras meninas quando passa por elas, vocês sabiam que existe uma música-sequência bem menos conhecida em que a Ella

Fitzgerald finalmente acaba achando a cesta amarela? É quase melhor que a original, bom, eu prefiro, ainda que não tenha feito tanto sucesso na época. E as violinistas lindinhas fazem que sim e sorriem, e como que pra atender você por toda a sua volta a música que todo mundo está tocando de repente é a música da sequência, a que você acabou de mencionar, e agora a loja inteira está ressoando com ela, o departamento de instrumentos de sopro cheio de gente tocando trompetes e saxofones e clarinetes que refletem as luzes do teto da loja e o barulho que eles fazem, complementando os pianos e as cordas, tem o tamanho do céu. O trompetista na sua frente pisca um olho pra você e tem uma menina com um sax que pisca também. Aí você entra na sala ao lado e a sala ao lado está cheia de crianças tocando kazoos, ocarinas, flautas doces, marimbas, xilofones, castanholas, todo mundo entrando na música, tocando a mesma melodia, a bem da verdade em toda parte, aonde quer que você vá, subindo ou descendo as escadas, de um departamento pro outro as pessoas estão tocando a mesma melodia feliz em todos os instrumentos daquela loja, é como se a loja toda estivesse viva, as paredes estão sacudindo no ritmo, e a melodia cresce cada vez mais, e só ameaça chegar ao fim, só começa a desaparecer, quando você se dirige à porta da loja e estende o braço pra abrir. A melodia vai descendo, descendo, mas aí, só pra ver o que acontece, você solta a maçaneta e se afasta três passos da porta, e como se fosse uma piada a música sobe de novo e fica bem alta. E aí, no ritmo certo, nas três notas finais perfeitas, você abre a porta, passa pela porta, fecha a porta, e tudo aquilo termina com um único tilintar do sino quando a porta fecha atrás de você.

Pronto, você diz. É assim que você é.

Eu agora estou de pé. Com muita raiva.

Então, eu digo. Eu sou do tipo mala sabetudo bobo insuportável e dramático, do tipo que anda pelo mundo se achando superespecial, superdiferente, o máximo? E onde quer que eu esteja eu dou de barato que tudo no mundo inteiro não passa de uma orquestrinha fofa que está ali só pra tocar pra mim? Só pra me agradar? Como se o mundo inteiro pudesse ser controlado? Como se o mundo inteiro estivesse ali só pra tocar a minha trilha sonora particular?

Você sabe que não foi isso que eu disse, você fala.

Você faz uma cara de quem está intimidada. Eu de repente me sinto muito hipócrita.

E você acha que eu sou o tipo de pessoa que ia ficar tagarelando, numa situação totalmente inadequada, sobre como uma música na verdade é mais importante que a outra por causa da política, mas na verdade, verdade verdadeira, eu ia preferir me refestelar no meio de um nonsense cafona que alimenta os meus delírios de grandeza?

Ãh? você diz.

A sua cara é de espanto.

Jactante desse jeito? Solipsista desse jeito? eu digo.

Eu não falei em solipsista coisa nenhuma, você diz. Eu nem sei o que isso quer dizer. E nem falei jaque nada. Você está me entendendo errado.

Você acha que eu sou pedante e irresponsável! eu berro. Não é verdade?

Você está de pé também. Você também está gritando. Você grita alguma coisa sobre uma cesta dos insensatos. Você grita que não é uma pessoa rasa ou sem erudição ou extravagante ou alguém que ia comprar um acordeão por causa do nome da marca. Aí, numa lista de adjetivos cortantes, você me diz o que eu sou.

O que eu sou é alguém que acaba de sair pela porta.

O que eu faço é fechar a porta com uma pancada hipócrita.

Enquanto atravesso a cidade, junto com a pancada da porta que ainda ressoa atrás de mim, eu fico com aquela música enlouquecedora sobre a menina que perdeu a cesta amarela. Quando eu chego ao meu apartamento ele está vazio e eu sento no degrau entre a cozinha e a sala e tento pensar em adjetivos para você, adjetivos que eu pudesse arremessar em você como se fossem pedrinhas afiadas, mas a única coisa que eu fico ouvindo sem parar na minha cabeça é a discussão que a Ella Fitzgerald está tendo com os caras da banda:

Era verde?
Não não não não!
Era vermelha?
Não não não não!
Era azul?
Não não não não!

Eu acho que lembro da voz da Ella Fitzgerald ficando cada vez mais comicamente irritada porque os caras do coro ficam errando a cor, tanto que quando ela canta a última sequência de nãos ela está quase enfurecida.

Aí eu começo a pensar se lembrei direito a ordem das cores da discussão.

Eu vou até a pilha de CDs. São os meus CDs; não foi difícil levar comigo, você não é muito de jazz. Eu acho o CD certo. Procuro A *tisket, a tasket* na lista. Ponho na máquina e seguro o botão apertado até chegar na faixa oito.

A música é puro charme, com aquele jeito de flertar com a desgraça e aí mudar de assunto com uma sensação de perda no fundo que no fundo não é bem uma perda, ou uma perda que fica fingindo que não é, e o tom levemente rouco da versão mais jovem, mais áspera de Ella Fitzgerald cantando é tão entusiástico, quase como que inconsciente da modulação que a sua voz logo vai ser capaz de ter quando ela estiver mais velha e quando estiver mais sábia. Mas afinal aquilo ali fala de quê? O que será aquela cesta misteriosa? Quem é a menininha misteriosa que rouba a cesta? Por que a Ella Fitzgerald vai morrer se não conseguir recuperar a cesta? Quando a música acaba eu continuo no degrau rindo de você dizer que eu tinha que ir pra cesta dos insensatos; eu rio tanto com os braços em volta do corpo e ao mesmo tempo estou tão perto de chorar que a próxima faixa do CD, a quase-gêmea da outra, *I found my yellow basket*, me pega de surpresa.

Os rapazes da banda que cantam com a Ella Fitzgerald na segunda música são muito educadinhos. Eles se oferecem para cobrir o custo, para ela, da perda da cesta original na outra música. Ah não, não precisa, ela diz, eu tenho boas notícias pra vocês, e eu me dou conta, ouvindo a leveza naquela voz enquanto ela canta que agora finalmente está feliz, está contente, do imenso alívio que é o fato de existir no mundo uma música em que a Ella Fitzgerald consegue ir atrás daquela misteriosa menina escondida, ladra de cestas, e achar a cesta amarela perdida. Ela canta quão feliz ela está. Aí ela canta a palavra *agora* pela última vez. Soa tão inocente, tão parecido com o tilintar feliz de um sino, que me dá vergonha.

A campainha toca.

Na frente da porta está uma grande caixa preta. Parece coisa cara. Parece coisa nova. É tão grande que quase bate na minha cintura. O sujeito que subiu a escada toda com a caixa está vermelho e sem fôlego. Eu assino o recibo e arrasto o negócio para dentro. É muito pesado. De início eu não tenho ideia do que pode estar ali.

Aí me cai a ficha do que está ali, claro que sim, com as suas teclas pretas e brancas no escuro.

Eu sei que nem eu nem você temos a mais remota ideia de como é que se toca isso, para falar a verdade nem sequer como abrir e fechar isso direito. A pessoa tem que ter umas aulinhas antes. O que eu abro é o bilhete que veio com ele. Eu suponho, enquanto abro, que o bilhete vai me dizer que esse aqui faz parte de um par e que se eu estiver procurando o outro ele está com você.

O que o bilhete diz é o seguinte:

Você é demais, cara. De verdade.

Eu sei uma coisa que você não sabe

O menino um dia em maio, na hora do almoço, tinha voltado para casa e ido para a cama. Ele passou quase todos os dias na cama nos últimos quatro meses ou quase isso, todo o péssimo verão. Nas primeiras semanas ele ainda se esforçava para sentar na cama de manhã quando ela ia abrir a cortina. Nas últimas semanas ele só abria os olhos, nem mexia a cabeça no travesseiro.

Era uma doença que não aparecia nos exames. Era muito provavelmente uma doença pós-viral. Ele tinha se consultado com três médicos diferentes: o clínico geral, um pediatra especializado do hospital e, no mês passado, um outro pediatra, um expert, particular, que atendia numa das clínicas grandes da parte rica da cidade, fez todos os mesmos exames nos pés e nas mãos do menino, olhou os olhos e os ouvidos dele, colheu sangue. Os resultados foram inconclusivos e custaram oitocentas libras. Agora era agosto. Quando ela entrou no quarto dele para abrir a cortina hoje de manhã ele ficou de olhos fechados e disse da cama, quase num sussurro: deixa, por favor.

A mãe do menino foi até a cozinha e pegou as Páginas amarelas.

Na rubrica Curandeiros dizia Ver Terapeutas Alternativos. Terapeutas Alternativos estava entre Teosofistas e Térmitas, Extermínio. Só dois dos terapeutas que apareciam ali eram da cidade. Um se chamava Celeste Análise de Saúde, ltda. Tratamento Auternativo de Saúde, triagem holística de saúde. Massagem encefálica indígena jornada interior. Stress, preocupações. Remoção de cera auricular com vela hopi. Linha de aconselhamento herbal, problemas de saúde etc. Impressionante compreensão precisa com a terapeuta qualificada e registrada Karen Pretty.

O outro anúncio tinha só quatro palavras e um número.

Nicole. Confie em mim. 260223.

A mãe do menino ligou para o primeiro número. Era uma gravação. Havia música de cordas. Uma voz calma por sobre a música disse Alô, amigo. Seja bem-vindo. Deixe seus dados, inclusive a importante informação sobre como você encontrou esse número de contato para a Celeste Análise de Saúde, limitada, depois do sinal.

Alô, ela disse. Eu achei o número nas Páginas amarelas. Eu ia ficar muito agradecida se vocês pudessem me retornar a ligação porque se trata de uma séria questão de saúde.

Ela ligou para o segundo número. Deixou o telefone tocar caso fosse necessário ativar alguma secretária eletrônica. Tocou trinta vezes. Quando ela afastou o fone do ouvido e o segurou na frente do corpo para apertar o botão de encerrar chamada, uma vozinha minúscula e distante saltou do plástico na sua mão.

O *quê?*

Ãh, alô? a mãe do menino disse.

Isso, o que é? a voz disse no ouvido dela.

Eu estou tentando entrar em contato com uma pessoa chamada Nicole, a mãe do menino disse. Eu achei o número na —

Anda, pelo amor de Deus, o que é? a voz disse.

É o meu filho, ela disse.

Eu cobro cinquenta libras pela visita, a voz disse.

Tudo bem, a mãe do menino disse.

Onde é que vocês moram? a voz disse. Rápido. Eu estou morrendo de vontade de ir ao banheiro.

A mãe do menino disse para a voz o endereço e onde ela devia virar à direita na rotatória se viesse de carro mas a voz tinha desligado ou tinha sido desconectada, ela não sabia dizer quando, em algum momento da lista de instruções, e ela ficou dizendo alô? no telefone, para ninguém.

Antes de ter que ficar em casa o dia inteiro por causa do menino, ela tinha sido assistente no escritório de uma empresa que ganhava um monte de dinheiro instalando redes de telefonia digital por todo o Terceiro Mundo. O Terceiro Mundo ainda era terra de ninguém na telefonia. A empresa também fazia contratos baratos de telefonia celular com países do Leste europeu, usando celulares de segunda mão que as pessoas trocavam por celulares de última geração aqui no Ocidente. Vozes por toda a Europa do Leste estavam falando neste exato momento em antigos telefones britânicos; isso era uma coisa em que ela gostava de pensar, antes. Era uma ideia engraçada e interessante, pensar que alguém com uma vida completamente diferente e uma língua (para ela) completamente incompreensível podia estar conversando com alguém, discutindo com alguém, sussurrando segredos ou resolvendo questões cotidianas de compras ou da família no que podia ser o telefone velho dela mesma.

Mas não era mais engraçado pensar nisso, não do mesmo jeito, agora que o que ela falava no telefone com a sua mãe ou com o pessoal do trabalho eram coisas que ela nem queria ouvir saírem da sua boca, sobre o que o menino não estava fazendo, como comer muita coisa hoje. Ou querer ver TV, nem os desenhos. Ou se deixar ser erguido sem fazer escândalo para poder ser carregado até o banheiro. Ou nem sequer responder mais quando ela sentava na cama dele e lhe fazia perguntas: quer assistir desenho? Ponho o DVD de futebol? Está com dor no olho? Na cabeça, onde? Muita luz? Muito escuro? Quer que acenda? Apague? O telefone na sua mão tocou. Número desconhecido. Ela ficou olhando tocar. Deixou cair na secretária e aí esperou a secretária dizer que ela tinha uma nova mensagem. Ela ouviu a mensagem. Era a voz de Karen Pretty, da Celeste. Ela oferecia três horários para uma consulta preliminar. A mãe do menino retornou imediatamente a ligação e deixou a sua opção na secretária da Celeste.

A campainha tocou. Era depois do almoço, depois que o menino tinha se encolhido de novo embaixo das cobertas e longe do prato dizendo que estava frio demais, e depois que ela tinha ficado na mesa da sala de jantar comendo, sozinha, os dois pedaços de peixe empanado e as batatas de micro-ondas que tinha posto no prato para ele.

Havia uma mulher de aparência ríspida à porta. Era de meia-idade e estava vulgarmente vestida com uma camiseta comprida e manchada e leggings pretas.

Cinquenta à vista em dinheiro, a mulher disse. Cadê o, era menino, né? Ele está de cama?

Ela tinha posto o pé dentro da casa. A mãe do menino explicou, segurando a porta, que tinha contratado outra pessoa.

Sei, estou por dentro, a mulher disse. Karen Pretty, a rainha da cera de ouvido. Não sabe escrever medicina alternativa direito e você vai deixar ela chegar perto de uma coisa que você ama. Eu não deixava. Cada um na sua. Karen Pretty. Cara Piti, isso sim.

A mulher tinha entrado. Estava parada no hall agora, olhando a escada atrás da mãe do menino.

Eu aceito cheque se for ao portador, ela disse enquanto subia.

O volume do seu corpo fazia a escada parecer pequena. Ela estendeu a mão para manter a mãe do menino no pé da escada. Ela respirava como uma fumante inveterada; a respiração era audível por sobre o barulho do trânsito que entrava pela porta aberta.

Eu desço daqui a um minutinho, ela disse. Anda de uma vez com aquele cheque, beleza?

Era verdade; levou só coisa de um minuto, talvez até menos, para ela reaparecer descendo os degraus ofegante e se postar no limiar da sala de estar.

Não tenho ideia do que ele tem, ela disse. Ele provavelmente vai ficar legal. Aliás, será que dá pra eu tomar um copo d'água?

A mãe do menino foi até a cozinha e encheu um copo de cerveja com água da torneira. Quando ela voltou a porta da frente estava fechada, o cheque tinha desaparecido do braço da cadeira junto com o talão e o cartão do banco, não havia sinal da mulher nem de um lado da rua nem do outro e foi só meia hora depois quando procurou a bolsa que percebeu que ela também tinha desaparecido assim como as duas estatuetas Capodimonte, desaparecidas do aparador.

Senhora Sentada Com Criança. Palhaço Equilibrando Uma Bola.

Karen Pretty da Celeste Análise de Saúde limitada veio na hora marcada dois dias depois apesar de a mãe do menino ter cancelado a consulta via secretária eletrônica. Ela estava de muletas. Ficou precariamente de pé no tapete no meio da sala de estar.

Será que a senhora tem uma cadeira dura e bem reta? ela disse. Que nem uma cadeira de sala de jantar? Muito obrigada. Eu só queria deixar bem claro que não pretendo cobrar por essa visita porque é uma visita de consulta preliminar. Será que a senhora podia pôr a cadeira exatamente aqui?

Ela riscou uma linha no chão com a ponta de uma muleta.

Deus lhe abençoe, ela disse.

Ela era jovem demais para dizer Deus lhe abençoe. Ela parecia ter seus vinte e cinco anos. Tinha um cabelo castanho comprido preso com uma fivela no alto da nuca. Ela parecia familiar para a mãe do menino.

Você não trabalha no banco Abbey National? ela perguntou à moça.

Karen Pretty pôs as muletas bem arrumadinhas uma junto da outra, segurou-as com uma mão e sentou no meio da sala.

A senhora provavelmente já sabe a essa altura que Nicole Campbell da Confie em Mim está sendo processada por fraude pela promotoria pública, ela disse. Sinto muito pela senhora, senhora Haig, qual é o seu primeiro nome, por favor?

Harriet, a mãe do menino disse.

Eu estou sentindo que você carrega uma dor, Harriet, Karen Pretty disse. Estou sentindo que alguém cheio de tristeza mora nesta casa.

Karen Pretty, de olhos fechados, sorria e balançava a cabeça.

Sumiço, ela disse ou talvez, Sou mesmo.

Você vai conseguir subir a escada? a mãe do menino disse. É só que, é lá que ele está.

Que quem está? Karen Pretty disse ainda com os olhos fechados.

O meu filho. O Anthony. É ele que está doente, a mãe do menino disse.

Isso. Eu meio que senti, Karen Pretty disse, que eu ia fazer uma leitura de tarô pra um menino que não conseguia descer escada hoje.

Ela abriu os olhos, olhou dentro da bolsa, tirou alguma coisa e a ergueu.

Eu podia trazer ele no colo, a mãe do menino disse.

Ah, não, a bem da verdade nós não precisamos dele realmente presente, corporeamente, aqui na sala conosco, Karen Pretty disse.

Ela desembrulhou uma caixinha de madeira de dentro de um pedaço de seda vermelha.

Eu cobro cinquenta libras por leitura, ela disse. Mas pretendo não cobrar de você, Harriet, pela sessão de hoje. Os guias me pediram para não cobrar.

Guias de turismo? a mãe do menino pensou. Ela imaginou todos eles em hipotéticos uniforminhos, todos de azul numa fila, acenando com a cabeça para Karen Pretty.

Eles dizem que você não vai esquecer essa generosidade e vai recompensar essa generosidade no futuro com a sua generosidade, Karen Pretty disse.

Não, se você não se incomoda eu acho muito melhor —, a mãe do menino disse.

Ele está carregando uma dor, Karen Pretty disse de repente. O espírito dele é muito forte. Ele por acaso é um menino teimoso?

Na verdade, não, a mãe do menino disse.

Sim, isso mesmo, Karen Pretty disse.

Karen Pretty e a mãe do menino ficaram em silêncio por cerca de trinta segundos. Pareceu demorar muito. Demorou o bastante para ficar constrangedor. Então Karen Pretty estendeu a mão e ofereceu um baralho gasto para a mãe do menino.

A sua mãe vai embaralhar pra você, Anthony, ela disse para a lareira.

A mãe do menino enrubesceu. Ela embaralhou as cartas e as devolveu a Karen Pretty, que virou uma, depois a seguinte, depois a seguinte, e as dispôs uma do lado da outra no colo.

Uma luta por posições vai terminar em melhoria, ela disse apontando o menino sobre uma colina com um bastão, combatendo um monte de gente mais abaixo com bastões. Uma jornada difícil até um lugar mais calmo, ela disse apontando um barco cheio de espadas na água. Um redespertar, ela disse apontando a família que saía de um túmulo debaixo de um par de asas gigantesco. Eu não vou lhe cobrar as cinquenta libras de sempre por essa leitura, ela disse enquanto recolhia as cartas e reorganizava o baralho.

A mãe do menino insistia. Ela deu duas notas de vinte dobradas e uma de dez para Karen Pretty. Karen Pretty pegou o dinheiro e o largou no tapete, perto do pé da cadeira. Ela ligou para uma empresa de táxi do celular. As duas mulheres ficaram sentadas em silêncio enquanto esperavam. Karen Pretty deu um sorrisinho delicado para a mãe do menino e ergueu as sobrancelhas bem alto. Ela suspirou. Cantarolou baixinho. Ela era paciente como se a paciência fizesse parte das suas atribuições.

Paz para você, Harriet, ela disse quando o táxi encostou na frente da casa.

Ela se apoiou nas muletas para levantar. A mãe do menino observou ela entrar de ré no banco do táxi e observou o táxi se afastar. Ela olhou pela sala, em que havia mais que meros vestígios do perfume de Karen Pretty. Abriu a janela. Pôs a cadeira da sala de jantar de volta na sala de jantar. Foi até a cozinha e voltou com um pano úmido. Limpou a cadeira. Então, na sala de estar, ela chutou o dinheiro dobrado pelo tapete até ele desaparecer embaixo do sofá.

Ela subiu para dar uma olhada. Ele estava dormindo. As suas exalações curtas faziam a respiração dela doer.

Naquela noite, embora já tivesse tirado a roupa e ido para a cama, ela se forçou a se levantar de novo e desceu. Na cozinha, em cima da pia, ela riscou um fósforo e deixou as duas notas de vinte libras e a de dez queimarem juntas até o fim entre os dedos. Ela abriu a torneira e deixou a matéria preta que tinha sobrado na pia escorrer e aí limpou e secou a pia com o pano de prato. Ela voltou para a cama. Percebeu que tinha esquecido de dar uma olhada nele como sempre fazia quando chegava ao alto da escada. Levantou de novo. Ela parou diante da porta entreaberta e viu a cabeça dele em cima do travesseiro no escuro.

Ela ficou deitada na cama com a luz apagada e os olhos bem abertos porque dessa vez, ela sabia, tinha sido roubada.

O menino estava de cama. Fazia dias e dias. Era setembro. A mãe dele tinha entrado para abrir a cortina de manhã e ele tinha deixado ela abrir.

Ele podia ver daqui uma brancura que na verdade era a lateral de uma das casas do outro lado da rua. Mas parecia neve. Era neve. Era um amplo quadrado de neve do tamanho de uma casa, neve, embora fosse verão.

Ele ficou olhando para ver se ia derreter, porque o sol da manhã estava lançando um oblíquo retângulo amarelo pelos intervalos entre as casas do lado da rua em que ele estava sobre a brancura. Mas a neve era uma supernev e, uma hipernev e megaforte. Não tinha sol que derretesse aquela neve. Se você pegasse aquela neve pra fazer uma bola será que ia ficar frio na mão ou quente? Uma bola de neve quente. Ia ser impossível.

O menino estava cansado. Essas ideias todas sobre a neve estavam deixando ele cansado. Mas agora ele estava pensando que fazendo uma bola de neve com neve quente as suas mãos sem luvas iam ficar da mesma cor de sempre e não iam ficar frias ou vermelhas no fim.

O urso estava no pé da cama. Era o ursão, o que o pai dele tinha trazido três anos atrás, quando ele tinha ido para o exterior a trabalho, bem longe aquela vez pela primeira vez. O urso tinha vindo de um aeroporto. Era imenso. Era quase do tamanho do menino.

Ele estendeu o braço para a frente até ser quase como se a sua mão estivesse tocando o quadrado branco que podia ver pela janela. Era neve. Ele pegou um pouco de neve com a mão. Como era neve aquecida não era desagradável na mão. Ele tirou a outra mão de debaixo das cobertas e usou as duas mãos para moldar a bola de neve. Ele mirou no urso no pé da cama e arremessou a bola.

O braço do menino doeu um pouco por causa do arremesso.

Ele pôs o braço de novo embaixo das cobertas.

A próxima coisa que ele ia fazer era que ele ia escapar da cama quando o urso não estivesse nem esperando e ia se esgueirar sem ele perceber e dar um soco bem na boca do urso. Aí ele ia lutar com o urso. E apesar de o urso resistir bastante, ele ia ganhar. Ia chutar o urso. Ia morder a orelha do urso. Ia comer o urso. Ia aniquilar completamente o urso até ele bramir que estava vencido.

Ontem se ele pensasse que ia lutar com um urso ou fazer uma bola de neve ou alguma coisa assim isso ia fazer a cabeça dele ficar daquele jeito vazio e dolorido, não como se a neve fosse um lugar branco numa parede do outro lado, não como neve de verão, mas como se existisse só neve, mais nada, nada a não ser estar na neve, tudo um tipo de neve.

Hoje ele escapou um pouco das cobertas. Ele fez devagarinho para o urso não suspeitar.

Começou a sentir um pouco de fome.

Ele escorregou um pouquinho mais para fora, depois um pouco, com cuidado, mais.

N'água

Ponho meu eu de catorze anos de idade sentado na minha frente à mesa da sala para a gente poder conversar, porque a única coisa que ela fez até aqui, durante o tempo todo em que esteve na minha casa, foi me ignorar, fitar malignamente um ponto logo acima da minha cabeça, ou olhar nos meus olhos e aí desviar a cabeça como se eu fosse a pessoa mais entediante do planeta.

Chego hoje do trabalho e ela está aqui de novo. Não pergunto por quê, ou por onde ela andou desde a última vez em que esteve aqui. Em vez disso peço para ela diminuir o volume da televisão. Peço de novo para ela vir sentar comigo à mesa.

Ela suspira. Acaba fazendo o que eu pedi. Arrasta toda desajeitada uma cadeira. É quase como se ela estivesse sendo desajeitada de propósito. Ela senta, suspira alto de novo.

Na semana passada, uma menina, uma mulher que eu mal conheço (mas quando é que uma menina vira mulher? quando, exatamente, a gente deixa de ser menina?) se virou para mim quando a gente subia uma rua movimentada, me empurrou como uma profissional contra o muro das obras de restauro de um casario comercial antigo no meio de Londres em plena luz do dia e me beijou. O beijo, surgido do nada, me pegou de surpresa. Quando eu cheguei em casa naquela noite o meu eu de catorze anos de idade estava zanzando pelos cômodos trombando nas coisas, selvagem e imprevisível como uma novilha focinhuda.

É chocante se ver como você não é mais há trinta anos. Também é um pouco constrangedor ter você assim por perto, de olho em tudo que você faz como se olhar tudo que você faz fosse a última coisa que poderia interessar a alguém.

O que você achou da casa, então? eu digo. Gostou?

Ela mal olha em volta. Dá de ombros.

Quer um café? eu pergunto.

Ela faz, de novo, aquela coisa insolente de olhar-e-desviar. Ela transforma a insolência num objeto de beleza. Por um momento o fato de ela ser tão boa nisso chega até a me dar orgulho e eu balanço a cabeça.

Mandou bem, gata, eu digo.

Ela me olha como se eu estivesse doida.

Mandei o quê? ela diz.

Rá, eu digo. Não, *mandou bem* é uma expressão, tipo um clichê. Gíria. Quer dizer é isso aí, maravilha, essas coisas. Cultura popular. É de depois de você. Quer dizer, você é muito nova pra saber.

Ela faz um tch, quase inexistente.

Eu ponho a caneca de café na mesa para ela. Ela pega a caneca.

Use o apoio, eu digo.

Ela está olhando horrorizada para o que está na caneca.

Não, porque eu preciso de leite aqui, ela diz, e o sotaque dela é tão minha terra e tão virgem que ouvir ela dizer mais que quatro palavras de enfiada faz o meu peito doer por dentro.

Eu estou sem leite, eu digo. Esqueci que você tomava com leite.

E além de tudo, assim, é do tipo forte demais, ela diz. É meio forte pra mim.

Ela diz isso em tom de quem se desculpa.

Eu só tenho esse, eu digo.

Eu gosto daquele tipo instantâneo, ela diz. Os outros têm um gosto muito forte.

É, mas os instantâneos são cheios de agentes congelantes, eu digo. Fazem tudo quanto é tipo de estrago nas sinapses da gente —

Quando eu cheguei às palavras agentes e congelantes nessa frase os olhos dela já tinham apagado de novo. Ela afasta a caneca e larga a cabeça nas mãos. Eu me sinto repentinamente desamparada. Eu quero dizer: olha, você não acha impressionante eu ter conseguido comprar uma casa? Você não achou legal o tanto de livros que tem aqui? Você gosta de livros. Não precisa fingir que não é inteligente pra mim. Eu sei que você é. Eu ia ter adorado a ideia de uma casa cheia de livros desse jeito quando eu tinha a sua idade.

Eu ia mesmo dizer isso: quando eu tinha a sua idade? Será que eu ia me ver dizendo essa frase aterradora em voz alta?

Mas tem umas coisas que eu quero mesmo dizer a ela. Sobre a nossa mãe por exemplo, eu quero dizer alguma coisa tipo: não se preocupe, ela vai ficar legal. Agora é um momento ruim, e só. Ela não morre até você ter mais que o dobro da idade que tem agora.

Mas eu não posso dizer isso, não é?

Eu quero dizer: as suas provas correm direitinho até o fim. Você vai se sair muito bem na universidade. Você vai se divertir pacas. Não se preocupe por não se entender com aquele menino com cheiro de linóleo no alojamento Crombie na primeira semana. Você não precisa ficar com alguém na semana dos calouros, não é necessário, não é importante.

Eu quero lhe dizer em quem confiar e em quem não confiar; quem são os amigos dela de verdade e quem vai ferrar com ela; com quem dormir e com quem definitivamente não dormir. Definitivamente diga sim para essa pessoa, é uma das melhores coisas que vão te acontecer. E não fique assustada, eu quero dizer, quando você perceber que está gostando de meninas também. Está tudo bem. Está ótimo. Dá tudo certo. Nem se dê ao trabalho de se preocupar com isso, nem por uma única noite, nem por uma única hora de uma única noite. Aliás, não vá me votar nos trabalhistas em 1997; é que nem votar nos conservadores. Não, mesmo. E quando você estiver com vinte e dois anos e for ver aquele emprego de vendedora no meio de Edimburgo e for dar ré no Citroën na rua que tem a estátua do Greyfriars Bobby, não dê tanta ré assim, vai com calma na embreagem, não surte, porque o que acontece quando você surta é que você desmonta totalmente o para-lama traseiro em cima da fachada de um pub de lá e afinal nem faz sentido você ir atrás de um emprego desses, quer dizer, você entra na sala e está todo mundo com os seus terninhos de ombreiras e você está de jeans, então só, tipo, se conheça melhor, sabe, só isso.

Mas fico olhando ela ali sentada, magra e insolente e completa, e não consigo dizer nada disso. Ia ser terrível entregar uma amiga que ela ainda nem conheceu e que no fim se revela nem tão amiga assim, ou um governo de esquerda que no fim se revela o contrário. Terrível lhe contar, agora, de um para-lama destruído numa tarde de 1984. De alguma maneira é terrível até sugerir que ela vai entrar na universidade.

Você precisa comer mais, é o que eu acabo dizendo.

Ela põe a ponta do cabelo na boca. Tira o cabelo e o segura em leque, examina o cabelo molhado em busca de pontas duplas.

Ui, não faz isso, eu digo, coisa mais nojenta.

Ela vira os olhos.

Ela tem montes de espinhas em volta da boca e nos vincos que seguem a lateral do nariz, claro que tem, com uma pele que eu agora sei que se chama mista, seca e oleosa. Eu podia lhe dizer como resolver isso. O cabelo dividido no meio fica achatado e faz ela parecer mais acuada do que já é. Há uma constelação de acne na testa dela, debaixo do cabelo. Eu podia lhe dizer como resolver isso também.

Eu vou e fico olhando pela janela. Aquele beijo encostada na construção enche de novo a minha cabeça como se alguém tivesse aberto uma tampa no topo do meu crânio, derramado um jarro de água morna misturada com adubo para flores, e aí arrumado um buquê de flores da primavera dentro de mim — alegria, narcisos amarelos — me usando como vaso. Mas a luz está diminuindo, fevereiro, começo do crepúsculo, e a área comum ainda está ondulada de neve. Eu sei, agora, embora não soubesse quando comprei a casa, que a área comum é na verdade um cemitério comum; foi onde eles enterraram a maioria dos milhares de mortos da peste na cidade, séculos atrás. Por baixo dos pés das pessoas que passeiam com os seus cachorros e das pessoas que voltam do supermercado, sob a grama e a neve que derrete, sob o morrinho em que todas as trilhas se encontram, estão as formas finais que as suas vidas adotaram, todos os ossos nus. Sobre eles o negror da área comum, e sobre ele o céu com o azul-escuro que ele ganha logo antes de escurecer. É uma noite limpa. As estrelas vão aparecer mais tarde. Vai ser lindo, todas as estrelas e os planetas espalhados nos seus alinhamentos de inverno-primavera sobre a área comum. As estrelas aparecem hoje? Eu não sei se está nublado ou claro. Porque eu só tenho olhos. Art Garfunkel, isso. A música que aparece na minha cabeça me dá uma ideia.

Quem é o número um agora? eu digo. No top vinte.

Figaro, da Brotherhood of Man, ela diz. Uma coisa horrenda.

Eles são horrendos, eu digo.

É música, assim, pra criancinha, ela diz.

E aquela música, Angelo, eu digo.

Eu odeio aquela música, ela diz. Uma merda.

É um puta plágio de Fernando, do Abba, eu digo. É só você parar pra pensar e está na cara.

É, ela diz. É mesmo. É, assim, um plágio mesmo. Eles só pegaram a ideia que o Abba teve e fizeram uma música muito menos boa.

A voz dela, pela primeira vez desde que chegou, soa quase entusiástica. Eu não me viro. Espremo os miolos para lembrar de alguma coisa de que ela vá gostar.

Eu canto: Hey you with the pretty face. Welcome to the human race.

Eu gosto pacas do teclado que eles usam em Mr. Blue Sky ter uma voz eletrônica e você achar que pode até ser a voz do céu, se o céu tivesse voz, ela diz. Na verdade eu gosto pacas da ideia toda de uma orquestra da luz elétrica por causa da ideia, assim, de uma coisa meio orquestral iluminada, e aí ainda por cima a ideia de que é elétrico e que é só luz elétrica, que nem as que a gente liga e desliga.

Ela nunca tinha falado tanto, desde que está aqui em casa.

Tipo uma orquestra inteira no clique de um interruptor, eu digo.

Uma puta orquestra imensa dentro de uma lâmpada, ela diz. É bem inteligente isso de conseguir fazer uma coisa assim só juntando umas palavras, é incrível as palavras fazendo isso sozinhas. Eu gosto pacas. Você sabe aquele negócio da expressão grafar sem água?

Não, eu digo.

Aquele negócio de um poeta das antigas, o John Keats, que a senhorita Aberdeen disse pra gente hoje na aula de inglês, ela diz.

O trágico astro pop do período romântico, eu digo. Foi a senhorita Aberdeen que disse isso?

É, mas quando ele morreu, o meu eu de catorze anos de idade diz, assim, antes de ele morrer, o poeta John Keats, tá, parece que ele disse pra alguém, ponham na minha lápide que aqui jaz um poeta cujo nome grafara sem água. Não sem tinta, mas a seco. Como se a água fosse a vida da escrita. Eu acho isso lindo pacas. Aqui jaz um poeta cujo nome grafara sem água.

Alguém, eu digo. Não um poeta. Está escrito na pedra, aqui jaz alguém.

Enfim, dá na mesma, ela diz.

E é grafara-se n'água, eu digo. Você leu errado no quadro.

Não, é sem água, separado, ela diz.

Não é, eu digo. É grafara. Aí se. Aí n'água.

Tá bom, mas nágua nem existe, ela diz.

São duas palavras, na verdade, eu digo.

Tá bom, duas em uma então, o meu eu de catorze anos diz. Mas não faz sentido nenhum, tá.

É uma contração meio clássica, eu digo. Tem bastante na literatura antiga. A gente deixou de usar com o tempo e ao mesmo tempo continua usando. A gente só não usa mais essa construção, nesse caso, hoje em dia.

Posso ouvir os seus chutinhos na barra debaixo da mesa.

Não faz isso, eu digo.

Ela para. Fica quieta de novo. Eu olho para fora, para a grama que vai escurecendo. Não preciso olhar em volta para saber o que ela está fazendo, ainda balançando a perna embaixo da mesa logo acima da barra, escapando de bater na barra por um milímetro, como uma profissional.

Mas ele morreu incrivelmente novo, sabe, o Keats, eu digo.

Não morreu, não, ela diz. Ele estava assim com uns vinte e cinco, tá.

Uma alegria para sempre, eu digo. Seu encanto cresce. Eu não lembro o que vem depois da palavra nada. Jesus. Eu sabia esse poema de cor.

A gente leu um poema dele, ela diz.

Qual? eu digo.

Aquele que fala de olhar um livro velho, ela diz. E, ah é, esqueci. Porque quando eu cheguei na escola hoje de manhã, foi uma coisa horrenda porque a querida pessoa que dá aula de artes me fez tirar a roupa. Na frente de todo mundo.

Eu me viro.

O professor fez o quê? eu digo.

Ele não, ela diz. A senhorita MacKintosh. Pirada.

Não fala isso da senhorita MacKintosh, eu digo. A senhorita MacKintosh é bem legal.

Ela é uma louca de pedra, ela diz.

Não é não, eu digo.

Assim, ela me disse você tem que tirar essa roupa encharcada, tá, e colocar tudo em cima do aquecedor e pode usar o meu casaco. Eu tive que ficar com o casaco dela durante uma aula dupla de artes inteirinha. Eu estava com as mãos geladas. Tive que pôr a mão no bolso umas vezes. Mas eu estava com a minha malha rasgada, por causa das pedras no caminho do Paisagismo. Aí a Laura Wise da 3B disse que não estava com frio e me deu a dela. Ela viu quando aconteceu. Ela disse que o John McLintock era um retardado.

Espera aí, eu digo. Primeiro, acho que você não devia usar essa palavra. E segundo. Que pedras? Encharcada por quê, mesmo?

Aquele menino, o John McLintock, me empurrou no Paisagismo, ela diz.

Eu lembro do Paisagismo; a gente passava bastante tempo

no Paisagismo. Mas eu não lembro nada dessa história. A gente passava pelo Paisagismo todo dia no caminho da escola e aí na volta para casa. Era a encosta gramada no fundo das casas onde eles mantiveram o que sobrou do terreno original sobre o qual eles construíram as duas propriedades. Imagino que tivesse alguma proibição de zoneamento urbano e que foi por isso que eles não puderam cobrir aquilo tudo de casas; o que eles fizeram foi arrancar as árvores e cobrir os tocos com grama até o novo estacionamento. O Paisagismo era bem íngreme, se eu bem me lembro.

Um menino estava empurrando as pessoas dali? eu digo.

Só eu, ela diz. Ele só empurrou eu dali. Mais ninguém. Estava um monte de gente lá.

E por que mesmo que você estava em cima do Paisagismo? eu digo.

Por causa da neve fresca, ela diz.

Me explica isso direito, eu digo. Ele te empurrou —

Estava escorregadio, ela diz.

Ela cobre o rosto. Está sorrindo por baixo das mãos, ainda sentada com o café frio na frente dela, balançando a perna embaixo da mesa logo acima da barra. Eu percebo que não sei se ela está sorrindo porque um menino empurrou ela ladeira abaixo, porque uma menina pegou ela no fim da ladeira ou porque uma professora de artes por quem eu sei que ela tem uma quedinha pediu para ela tirar a roupa.

Aí eu percebo que é por causa de tudo isso. Eu me lembro das minhas mãos nos bolsos quentes do casaco de adulto.

Aquilo me comove. Ela consegue ver isso no meu rosto e fica irritada de novo. O sorriso dela desaparece. Ela fecha a cara.

Sem água é bem melhor que senágua, ela diz.

Pode ser melhor mas não é o que está na lápide de verdade, eu digo.

Louca, ela diz.

Não seja grossa, eu digo.

De pedra, ela diz quase sem volume.

Ela me dá a olhadinha rápida e daí, no momento exato, a competente desviada.

Noite completa agora para além dos muros da minha casa e só seis da tarde. Todas as luzes da rua estão acesas. Todos os carros na cidade lá fora estão abrindo caminho para casa ou para longe de casa, fazendo o barulho que o trânsito faz na distância. Mais perto daqui, lá na área comum sem luz, sob um céu que promete geada, alguém invisível para nós zune por uma das trilhas mais próximas numa bicicleta, gritando sem parar. Eu te amo, ele grita, ou ela grita, difícil saber, e aí diz o que parece ser um nome no escuro, gritado para o ar estrelado sobre todos os milhares de mortos antigos, e aí as mesmas palavras eu te amo mais uma vez, e aí de novo o nome.

O meu eu de catorze anos de idade olha para a janela e eu também.

Você está ouvindo? nós duas dizemos ao mesmo tempo.

Astúcia impetuosidade luxúria

Chegou um pacote. Parecia bem medonho. Não tinha mais ninguém em casa, só eu. Eu te liguei. Você ainda estava no trabalho e sem tempo.

Ãh rãh, o que foi agora? você disse.

Chegou um pacote esquisito, eu disse. Está com o número aqui de casa e o CEP certinho e tudo, mas não está endereçado à gente e eu só percebi depois que o moço do correio tinha ido embora.

Eu te disse o nome que estava no pacote. Você disse que nunca tinha ouvido falar dele ou dela.

Nem eu, eu disse.

É só uma entrega errada, você disse. Amanhã a gente põe de volta no correio. Olha, está corrido aqui. Eu tenho que desligar. Os comprimidos estão funcionando? Você ainda está com dor?

Um pouquinho, eu disse.

Tira uma soneca no sofá, você disse.

Não dá, eu disse. Estou entre o menos de um por cento das pessoas e os comprimidos estão me tirando o sono.

Vá ver bobagem na TV, então. Está nos seus direitos. Você está de licença.

Não dá, eu disse. Estou entre o menos de um por cento das pessoas e os comprimidos estão me deixando com sono. Além disso eu agora estou sem capacidade de operar maquinário pesado. Eu te levo comida de noite, você disse rindo. Escuta, eu tenho que desligar.

Você desligou. O riso tinha feito eu me sentir um pouco melhor. Mas quando eu voltei para a sala de estar o pacote ainda estava lá.

Na semana passada a gente estava no supermercado quando viu que eles estavam vendendo Espirobol. Fazia vinte anos que eu não jogava Espirobol e me deu saudade de como eu jogava bem. A gente comprou, cravou a haste de metal no quintal e jogou. Eu passei o dia seguinte ouvindo um tipo de um rangido, primeiro quando eu estava andando de bicicleta, e depois toda vez que eu subia ou descia escadas. O barulho vinha de debaixo da pele do meu joelho esquerdo. Aí o joelho começou a doer, e aí a perna. Aí eu acordei de madrugada sem conseguir mexer nada do ombro para baixo sem sentir dor. Fazia três dias que eu estava tomando anti-inflamatórios e passando todo o tempo no sofá me monitorando em busca de qualquer um dos cinquenta e nove efeitos colaterais que a bula advertia que eram possíveis em medidas variáveis (incluindo dor de estômago, tontura, mudanças na pressão arterial, pernas, pés, rosto, lábios ou língua inchada, ou todos ao mesmo tempo, indigestão, azia, náusea, diarreia, enxaqueca, pruridos na pele, inchaço abdominal, constipação, angina, vômitos, zumbido nos ouvidos, aumento de peso, vertigem, depressão, visão desfocada, perda de cabelo, sérios problemas renais, incapacidade de dormir, sonolência, paranoia, alucinações e falência cardíaca). Até aqui eu tinha tido talvez dois ou três deles. Mas eu não tinha certeza se os meus tornozelos e os meus pés tinham sempre sido daquele jeito, ou se eu estava imaginando o zumbir aéreo nos ouvidos, como um mar distante. Será que eu estava com depressão? Eu estava levantando do sofá várias vezes ao dia para checar no espelho se eu estava ganhando peso.

Aí o pacote chegou. Eu fui mancando até a porta e o recebi das mãos do carteiro sem hesitar. Mas assim que peguei aquilo eu soube que alguma coisa estava errada. Parecia que devia ser mais pesado do que era, mas quando eu segurei percebi que era anormalmente leve. Percebi que era anormal. E lá estava ele ainda. Eu não estava enganada. Era estranho. A letra com que escreveram os dados do destinatário era a letra de uma pessoa doida, um garrancho que cobria todo o espaço. Era engraçado ver o endereço da nossa casa escrito daquele jeito instável. O papel pardo do embrulho era velho e macio, todo duro de tanta fita durex, como se fosse mais um tipo de carapaça que um pacote. Parecia que aquilo estava rodando pelo sistema postal havia anos. Mas estava carimbado com data de ontem. Eu não conseguia distinguir o local do carimbo.

Eu pisquei. Era paranoia. Era um efeito colateral. Aquilo parecia nada mais, nada menos que um objeto de cena de algum programa antiquado de ficção científica, alguma criatura pretensamente malévola com um nome tipo moluscópodo deslizando aos solavancos por um cenário fuleiro ao som de uma música perversa de sintetizadores, perseguindo a atriz coadjuvante.

Eu tentei pensar isso, mas o pacote me desafiava. Ele tinha sido enviado. Tinha sido destinado a alguém.

Eu apanhei o pacote, levei até a cozinha e larguei na mesa, e aí me deu uma vontade horrível de lavar as mãos. Depois disso eu voltei para o sofá e liguei a TV. Eu assisti o quiz em que as pessoas recebem umas consoantes e vogais aleatórias e têm que inventar palavras. Aí eu assisti um outro em que as pessoas são eliminadas se dão um certo número de respostas erradas. No intervalo comercial eu voltei para a cozinha. Eu tinha que voltar. Estava lá, na mesa, perto demais da fruteira, com as coisas que a gente ia acabar comendo.

Eu tirei uma banana do cacho e empurrei o pacote uns centímetros mais para lá, para longe da fruteira, bem até a borda da mesa. Eu fui pôr a banana no lixo, mantendo a ponta que tinha encostado no pacote bem longe de mim. Foi aí que você chegou em casa.

Por que você está jogando uma banana perfeita no lixo? você perguntou.

Aí você olhou para o pacote.

Você olhou o que estava escrito no pacote, o nome e o endereço. Você pegou o pacote e sacudiu. Você fez que não com a cabeça. Você olhou para mim. Eu também fiz que não com a cabeça. Você largou o pacote de novo na mesa e tanto eu quanto você demos um passo atrás. Nós ficamos olhando aquilo um tempo. Aí você disse: é alguma coisa horrorosa, né?

Eu fiz que sim.

E se a gente abrisse de uma vez? você disse.

Bom, é alguma coisa horrorosa. E não é pra nós, eu disse.

Enquanto a gente jantava foi ficando cada vez mais difícil respirar. Eu mal conseguia engolir. A tontura ia aumentando cada vez mais. Você estava com o rosto pálido, parecia que tinha medo. Você sentou no tapete, com as costas contra a poltrona. Você não comeu; você ia jogando os pedacinhos de jalapeño da sua pizza de volta para dentro da caixa.

E se por acaso, você acabou dizendo, já tivesse chegado aqui aberto? Rasgado, sabe, por acidente.

Rasgado só o que desse pra gente ver o que tinha lá dentro? eu disse.

Ãh rãh, você disse.

Eu saí com a faca suja de pizza, lavei e sequei. Você veio até a cozinha. Você virou o pacote sobre a mesa e pegou a faca. Você enfiou a faca.

Jesus, você disse.

O cheiro era terrível. Nós demos um passo atrás. Aí você puxou ar, prendeu a respiração, destrancou a porta dos fundos e levou o pacote flácido e a faca para fora. Eu te ouvi tossir e ouvi o barulho rascante da faca na lateral do pacote. Você tossiu e depois cuspiu. Eu saí para o jardim.

Na calçada ao lado do pacote escancarado estava um montinho de trapos imundos. O cheiro era péssimo.

Olha, você disse. Acho que é um pijama.

Tinha um paletozinho e um par de calças para uma criança de seis ou sete anos. Eram azul-marinho por baixo da imundície, e tinham um padrão de imagenzinhas borradas e estragadas, uma criança vestida de guardinha, uma criança num cavalinho de pau, uma criança num carrinho esportivo, uma criança fazendo um castelo de areia.

Tinha um bilhete. Dizia, no mesmo garrancho de esferográfica: AGoRAqUEMéOMEnINoMALvADo.

Bom, definitivamente não é pra nós, você disse.

Jesus, eu disse.

Muito estranho, você disse.

Não sei o que pensar, eu disse.

A mãe de alguém? você disse. Ou o pai?

O amor de alguém? eu disse.

Alguém com muita raiva, você disse. Ou infeliz.

Ou uma piada de mau gosto, eu disse.

Uma piada de péssimo gosto. Ou coisa bem pior que uma piada, você disse.

Por sobre as nossas cabeças os pássaros punham o dia para dormir. Você usou a faca para espetar o bilhete e as roupas e empurrar tudo de volta pela boca do pacote. Eu fui buscar a fita durex.

Nós voltamos para dentro. Trancamos a porta. Você lavou as mãos na pia. Eu fui até o banheiro lavar as minhas. Deixei correr a água até ela ficar bem quente. Nem depois de usar o sabonete que alguém trouxe para nós da França, aquele com um cheiro forte demais, eu consegui tirar o outro cheiro do nariz.

Eram duas e meia da manhã.

Eu vou deitar daqui a pouquinho, eu disse.

Eu também, você disse.

Ninguém se mexeu.

O pacote estava lá fora onde a gente tinha deixado, na calçada do jardim. A gente estava assistindo um programa I Love 80's, um que a gente já tinha assistido duas vezes. A gente estava falando sobre como tinha se tornado possível que jamais houvesse existido uma greve de mineiros, uma guerra, uma avalanche conservadora, uma recessão terrível ou qualquer grande passeata de protesto; ao invés disso só houve cubos mágicos, os Transformers e um boneco apresentador de TV com forma de rato.

Aqueles Snoods foram moda em 83, você disse. Quantos anos você tinha em 83?

Dezessete, eu disse.

Me conte alguma coisa que aconteceu de verdade, você disse. Alguma coisa sobre você que eu não sei, de quando você tinha dezessete e eu tinha dezesseis e a gente morava em cidades diferentes e nem eu sabia da sua existência nem você da minha ainda.

Eu pensei um segundo.

83 foi o ano em que eu me apaixonei pela Heyden, eu disse.

Por quem? você disse.

Natasha Heyden, eu disse. Mas ela só queria ser chamada de Heyden.

Você nunca me falou de nenhuma Natasha Heyden, você disse.

Heyden, como eu estava dizendo. Fazia anos que eu não pensava nela. Ela estava um ano na minha frente na escola. Rolava uma história sobre ela e a senhorita Brand, que dava aula de matemática, que a senhora Brand estava andando pela sala pedindo respostas e chegou até a Heyden e chamou ela de Natasha e a Heyden fez que não tinha ouvido, aí a senhora Brand pediu a resposta pra ela de novo e a Heyden ainda fez que não tinha ouvido, olhando bem na cara da senhora Brand, e isso durou vinte minutos, com a sala inteira assistindo, a senhorita Brand de pé do lado da carteira da Heyden batendo na madeira com a palma da mão dizendo o nome Natasha Natasha Natasha e a Heyden fazendo que nem era com ela. A Heyden não era que nem os outros. Ela era terrivelmente linda.

Como que ela era? você disse.

Ela era pequena e loura e meio seca, eu disse. Ela gostava de atirar.

Ela o quê? você disse.

Ela tinha lá um tipo de um rifle. Ela atirava superbem. A casa deles ficava isolada nos limites da cidade, perto das plantações lá na estrada; tinha muito coelho, passarinho. Eu fiquei amiga da irmã mais nova dela, a Angela Heyden, pra poder ir lá na casa delas no sábado, ela tinha uns dentões compridos. A Angela detestava que a Heyden ficasse atirando, ela se escondia no quarto dela com o estéreo no volume máximo, Bonnie Tyler, Total eclipse of the heart repetindo sem parar, pra não escutar os tiros. Todo sábado eu dizia que precisava tomar um ar ou pegar um copo d'água ou alguma coisa assim, e aí eu escapava pro quintal da casa delas sabendo muito bem que a Angela nunca ia ter coragem de sair do quarto e ir me buscar.

Então o tempo todo que eu ficava em algum lugar perto da Heyden era um tempo em que ela estava matando coisas, ou esperando pra matar coisas, ou dando golpes de misericórdia, estendendo uma fileira de coisas mortas no gramado deles. Ela fazia de conta que eu nem estava lá. Com isso eu fazia de conta que não estava lá também. Eu ficava no degrau da porta dos fundos da casa. Ela ficava lá no fim do jardim, se debruçava por cima da cerca e aí erguia o rifle na altura da cabeça, na altura daquele olho azul, e apontava a arma para o que quer que passasse voando ou correndo. Quase todo sábado eu ia lá. Quase todo sábado era a mesma coisa. Até que um sábado eu cheguei lá e a Angela Heyden atendeu a porta da frente e me levou pra cima.

Normalmente a Angela Heyden e eu pelo menos fingíamos uma amizade quando eu chegava na casa delas; normalmente a gente tomava uma xícara de café ou dava uma olhada nos livros ou nas revistas dela, falava da escola ou da tarefa ou dos meninos ou sei lá mais o quê. Ela tinha umas cartas que ela mesma tinha feito, que ela dizia que eram cartas do futuro. Eram só uns pedacinhos de papel, uns pedacinhos de cartão, com umas palavras escritas, e toda semana ela embaralhava tudo, dava pra eu embaralhar também, e aí me mandava escolher três e virar com a palavra pra cima e aí aquelas iam ser as minhas palavras pro futuro.

Que tipo de palavras? você disse.

Não sei, eu disse. Eu não lembro agora.

Você tem que lembrar uma, você disse. Me diz algumas.

Bom, eu até lembro que eu tirei a palavra luxúria uma vez, eu disse. Foi legal. Eu achei que queria dizer que eu ia ter muito dinheiro depois na vida adulta depois de casar e ter filhos e um emprego e de estar morando no tipo de casinha imaculada com cozinha planejada em que se espera que os adultos morem, com um emprego chique, usando roupas formais, jantando com amigos articulados e caminhando por uma praia bege com a minha família e o meu dálmata.

Incrível como isso parece a nossa vida, você disse.

Uma vez eu peguei a palavra astúcia, eu disse, eu lembro de olhar no dicionário e achar bacana. Eu peguei a palavra impetuosidade uma vez. Essa foi boa. Eu fiquei de birra com os meus pais naquele fim de semana sem motivo, só pra provar a minha impetuosidade.

Normalmente a gente fazia isso, ou alguma coisa assim, antes de eu escapulir em desespero para assistir à linda irmã dela matando coisas. Mas, naquele dia em particular, não teve nada parecido. Nenhuma palavra. Nem oi. A Angela Heyden me fez subir as escadas. Quando a gente chegou ela bateu numa porta que não era a porta do quarto dela, empurrou a porta, me empurrou pra dentro e fechou a porta atrás de mim.

Era o quarto da Heyden? você disse.

O quarto da Heyden, as coisas da Heyden, a cama da Heyden, e lá estava a própria Heyden na janela, de costas pra mim com a arma apoiada na parede. Silêncio, ela disse sem olhar para trás. Aí ela se virou e disse, Ah, é você. Foi a primeira vez na vida. E aí ela me fez matar o esquilo.

Você se ergueu na cama.

Ela fez o quê? você disse.

Ela fez sinal pra eu ir até a janela. A janela dava pro quintal dos fundos. Ela apontou pro gramado e me disse, baixinho, que a caixa de papelão lá embaixo estava equilibrada com um pauzinho e aí me mostrou um barbante que estava na mão dela, dava pra eu ver o barbante esticado no ar até o jardim. Estava preso no pauzinho.

Tem um montinho de comida embaixo daquela caixa, ela disse no meu ouvido. Eu passei a semana inteira treinando esquilos pra você.

A ideia de que ela estivesse fazendo alguma coisa, qualquer coisa, pra mim fez o meu coração decolar dentro do corpo, e ele subiu pelo céu e revoou como um passarinho no verão.

Se a Heyden tivesse visto ele fazer isso tinha dado um tiro, você disse.

Então ela se afasta um pouco e abre espaço pra mim na janela, eu disse. E claro que um esquilo cinza com as patinhas e o rosto marrons chega correndo aos soquinhos pelo gramado e vai direto, como se fosse o destino dele, pra baixo da caixa e fica lá sentado comendo alguma coisa. A Heyden dá um puxão no barbante e a caixa cai em cima dele.

Aí a Heyden me passa o rifle. E eu atiro. Eu atirei. Atirei na caixa. Errei. Atirei de novo. Atirei quatro vezes na caixa. Na quarta eu acertei alguma coisa. A caixa desmoronou. Acho que matei.

Você acha que matou? você disse.

A Natasha Heyden agarrando a arma pra recarregar, berrando comigo porque eu tinha errado e aí pulando pelo quarto quando eu acertei a caixa, disparando escada abaixo pra ver se estava vivo ou morto e eu ali imóvel na janela, tudo no meu corpo tremendo e os meus ouvidos entupidos com o barulho que eu tinha acabado de fazer e com o Total eclipse of the heart da Angela que soava pelo corredor. Eu desci também. Saí pela porta da frente e pela calçadinha e fui embora. Fiquei um minuto imóvel na esquina da rua delas. Eu estava tremendo. Em choque. Mas eu não estava em choque por não saber se tinha ou não tinha matado um esquilo; eu estava em choque porque ele nem tinha como fugir e eu ainda tinha errado, não uma nem duas, mas três vezes.

Pra um lado era o caminho de casa e pro outro era o viaduto. Eu não podia ir pra casa. Quando cheguei na estrada eu caminhei pelo acostamento. Eu devo ter andado quase até a cidade. Começou a chover bem forte. Uma pessoa bacana me pegou. Uma mulher parou e disse se eu queria uma carona. O carro dela era bem novo, tinha cheiro de novo, ela cobriu o banco de trás com umas sacolas de plástico pra eu poder sentar sem marcar o curvim. Ela disse que eu estava com uma cara horrível e perguntou o que tinha acontecido comigo. Eu não podia falar nada do esquilo ou dessas coisas pra ela, ia ter parecido loucura. Eu morri, eu disse. O meu coração foi embora. Ela riu. Ela disse que eu não parecia nem um pouquinho com alguém que tivesse morrido e por mais que o meu coração estivesse longe ele ia voltar logo. Ela me fez ir pra casa, deu meia-volta na estrada pra me levar. Eu lembro direitinho do barulho do fundo do carro dela raspando no canteiro entre as pistas quando ela deu a volta.

E aí o que aconteceu? você disse.

Nada, eu disse. Eu nunca voltei à casa da Heyden. Eu ouvi falar dela depois; parece que ela foi pra universidade no Texas ou algum lugar.

Ela voltou e arranjou algum emprego de gestão de carreira ou de repente entrou na política, você disse. Provavelmente ela está no governo agora. O que aconteceu com o esquilo? Estava morto?

Aí é que está, eu disse. Eu nunca descobri. Eu não sei.

E a irmã? você disse.

Eu dei de ombros.

Mas você deu sorte, você disse. Ela tinha astúcia, essa mulher que te pegou de carro.

É, eu disse.

E tinha impetuosidade, aquela menina com a arma, você disse. Toda essa matança de fim de semana. Só porque vocês podiam. Quanta complacência. Quanta exuberância. A cara dos anos 80.

Ah, saquei, eu disse. Entendi. A coisa da palavra do futuro.

Se bem que na verdade, você disse, era ela o tempo todo, a irmã, a Angela, não a outra, que tinha impetuosidade ali.

A Angela Heyden? Nem a pau, eu disse.

Tocando aquela música passional sem parar, tão alto, você disse. E foi a Angela que teve astúcia pra valer. Se dando conta, finalmente, do nada que ela era pra você. Entregando você pra irmã daquele jeito, em embalagem pra presente.

Rá rá, eu disse. Mas e a luxúria? Você deixou a luxúria de fora. A Angela era luxuriosa também?

Era, você disse. Era, sim.

Ãh rãh? eu disse.

Bom, você disse, ganhando tempo. Bom, ela foi, ãh, luxurio-sa com você. Ela te deu bastante luxúria.

Como? eu disse.

Ela própria estava claramente apaixonada por você, você disse. E ela te deu todos esses futuros, todas essas possibilidades do que vir a ser. Três eus futuros toda semana, ela te deu. Até final-mente desistir de você. O que foi que aconteceu com a Angela? Eu gosto do jeito dela. Muito mais que da irmã psicopata. Fico imaginando onde ela mora agora. Fico imaginando se ela ia me abrir umas palavras. Eu não ia matar um esquilo por ela, mas que eu andava por uma estrada chuvosa por uma menina dessas, isso eu andava.

Eu te dei um soco nas costelas, com alguma força. Você riu e me jogou no sofá e me segurou de um jeito que eu não podia mexer os braços.

Ai, eu disse.

Ai meu Deus, você disse, se afastando. Desculpa mesmo. Eu te machuquei? O seu joelho está legal?

Eu tinha esquecido até que devia estar com dor. Aí ele pas-sou pelos seus olhos e eu lembrei dele também, do motivo ori-ginal de nós termos esquecido ou lembrado qualquer coisa hoje.

O pacote de roupas velhas fedorentas estava lá fora da nossa casa no escuro.

Nós sentamos. Eu peguei a sua mão. Você olhou nos meus olhos.

O que é que a gente vai fazer com aquilo? você disse.

Nós colocamos de volta no correio no dia seguinte. Dois dias depois um carteiro devolveu o pacote no nosso endereço.

Nós levamos para o escritório central do correio e dissemos para eles que não era para nós. Uma mulher aceitou o pacote pela fenda do guichê. Ela nos reencaminhou para a sala em que as entregas duvidosas esperam o processamento. Depois disso o pacote foi despachado para o depósito central, um prédio do tamanho de vários hangares nos limites da cidade, cheio de coisas impossíveis de entregar.

Nós levamos o pacote para a delegacia de polícia. Dissemos para o homem no balcão da recepção que aquilo estava aberto quando chegou e que o que estava ali tinha sido perturbador para nós. O homem pôs o pacote de lado e preencheu quatro formulários com informações. Ele nos disse que as pessoas vivem aparecendo na delegacia com pacotes duvidosos. Ele não quis nos dizer direito o que exatamente acontecia com os pacotes como o que nós entregamos. Ele disse que eles recebiam o melhor encaminhamento possível.

Nós o colocamos na lixeira da frente de casa. Na quinta seguinte os lixeiros esvaziaram o recipiente num dos caminhões municipais, o qual triturou os conteúdos de centenas de lixeiras e os depositou no aterro nos limites da cidade, onde o pacote ainda está, sob as camadas toleráveis e estatisticamente monitoradas de dejetos municipais.

Nós o queimamos no incinerador do jardim. Acendemos um

fogo alto com velhos galhinhos secos das moitas e das árvores, e aí quando o fogo estava no ápice nós jogamos o pacote lá dentro e batemos a tampa. As partículas voaram no ar pela chaminé, por cima das nossas cabeças, sobre os telhados da vizinhança.

Nós o enterramos no jardim. Aí você lembrou um poema em que um sujeito enterra a raiva e a raiva dele brota na forma de uma árvore venenosa e mata a pessoa que o deixou com raiva. Durante vários dias nós nos preocupamos com o que podia crescer daquilo. A gente ficava indo lá fora verificar. Quando o tempo mudou e nós passamos a ir menos ao jardim, nós nos preocupamos pensando que em anos futuros, depois de nós termos ido embora, alguém poderia, cavando, encontrar aquilo e abrir, como nós. Lá no fundo da terra ele se decompôs. Criaturas subterrâneas se alimentaram dele e fizeram nele os seus ninhos. Cresceu grama sobre o lugar em que nós o enterramos e no fim nós não sabíamos mais onde era.

Nós fomos para o jardim às três da manhã e pegamos o pacote na calçada. Nós o trouxemos de volta para a cozinha. Você o rasgou de novo com a faca. Nós prendemos a respiração para não sentir o cheiro. Eu esvaziei tudo, bilhete inclusive, na máquina de lavar e fechei a tampa. Nós colocamos o sabão na máquina e erguemos a temperatura para 90 °C. Nós ficamos de pé enquanto a máquina rodava no seu ciclo; já estava ficando claro quando nós embalamos a roupa, seca, dobrada, ligeiramente pontilhada de papel, de volta no pacote e selamos o rasgo de faca de novo. Você escreveu no papel com um marcador permanente DESCONHECIDO NESTE ENDEREÇO DEVOLVER AO REMETENTE. Nós dormimos três horas e aí levantamos e tomamos café, aí levamos o pacote, eu mancando e com dor, você mal conseguindo abrir os olhos de cansaço, para a nossa agência local dos correios, aquela que eles estão sempre ameaçando fechar por causa dos cortes de pessoal, e largamos ele na caixa de correspondências.

A primeira pessoa

Mas aqui é uma versão nova de você e de mim. Nesta história aqui a gente não se conhece, da maneira mais tradicional, bom, pelo menos isso está fazendo eu me sentir um pouco pro lado dos antigos. Eu não tenho assim tanta certeza de que o corpo possa aguentar uma novidade assim tão nova e reluzente quando, como o meu, ele já passou por todas as novidades aceitáveis, as bem sinalizadas, aquelas que se espera da gente na vida: a cintilante adolescência, o sabetudismo dos vinte anos, a novatice dos trinta, os súbitos espantos desestruturantes dos quarenta etc. Mas isso. Isso eu não esperava. Hoje eu acordei e você não estava. Eu desci e achei a casa estranhamente vazia. Aí eu vi que a mesa da sala de jantar tinha sido arrastada pra fora e estava na grama debaixo do sol, e que você estava ali esperando por mim com o café da manhã pronto à sua volta.

Não sei se eu ainda estou pra essas coisas, eu digo.

Bocejo, você diz.

(Você não boceja de verdade, você diz a palavra "bocejo". Aí você olha para mim do outro lado da mesa e sorri. Eu ainda não me acostumei com o seu sorriso, e com ele se dirigir a mim. Às vezes quando você sorri para mim eu tenho vontade de olhar por cima do ombro pra ver para quem é que você está sorrindo.)

Eu estou falando sério, eu digo ao me sentar, não sei bem se ainda tem muito espaço na minha vida pra isso tudo. Eu não sei bem se ainda me sobrou paciência. Eu meio que já, ãh, passei da idade pra isso. Meio que já passei da idade, digamos, de ir conhecer os pais de alguém. Eu tenho a idade dos pais das pessoas, santo Deus.

Quem foi que falou de pais? Eu só troquei a mesa de lugar e fiz um café, você diz.

Eu definitivamente passei da idade de fazer tudo isso de conhecer a carga de uma vida inteira de melhores amigos de alguém novo e assim por diante, eu digo.

Beleza, você diz. Como você quiser.

É que nem sair de férias e se ver numa casa cheia de estranhos gritalhões, eu digo.

Bom, valeu, você diz.

Você entendeu, eu digo.

Beleza, então você deu sorte, você diz. Eu não tenho pais. Nadinha. Nasci sem pais.

Perfeito, eu digo.

E eu tenho centenas de amigos mas eles são todos o tipo de gente que simplesmente vai aceitar a sua presença na minha vida sem precisar de nenhuma história prévia. Que sorte, hein? É liberador, né?

Bom demais pra ser verdade, eu digo.

Vai ser assustador pra mim também, conhecer os seus amigos, você diz. Tipo, imagine. Imagine entrar numa biblioteca imensa mesmo, com umas janelas altas, painéis de madeira nas paredes, cheia de livros bem antigos, milhares e milhares de livros. O cheiro é supergostoso e tal, de todos aqueles livros velhos e todas as suas páginas velhas —

Você usou a palavra antigo uma vez e a palavra velho duas vezes, eu digo. Afinal de contas você ainda não atingiu a perfeição.

É lindo e tal, você diz. Mas é meio, tipo, eu entro lá e olho pra cima e sei que eu não li nenhum daqueles livros. E a qualquer momento eu posso ficar sabendo que tenho que passar por uma prova bem difícil sobre todas as coisas de que tratam todos os livros daquele lugar inteiro.

Vai-se gastando a idade..., eu digo.

Você me olha. Ergue uma sobrancelha.

É uma citação, eu digo. Daquilo que nós, bibliotecários, chamamos de biblioteca.

São só dez anos, você diz. Não é tanto assim. Tá bom, quinze. Ah, saquei. Isso é que nem quando a gente acordou e você se virou e olhou pra mim e disse que eu era como uma, como é que era, a coisinha de jogar hóquei?

Puck, eu digo. Eu disse que era como ter Puck na minha cama.

É, um puck, você diz.

Exatamente a mesma coisa, eu digo. Mais ou menos na mesma estante da biblioteca. Hóquei. Puck. Quem é que teria coragem de mencionar Ariel depois dessa?

Só mencione Olá Bebê ou eu tenho um ataque de brotoeja, você diz, a minha pele é muito sensível.

Você diz isso de um jeito duplamente irônico, rindo tanto que eu me vejo pensando se de repente você está me sacaneando, esteve me sacaneando desde o começo, que na verdade você sabe exatamente quem e o que e assim por diante, na verdade você sabe muito mais que eu, sobre tudo, mas por algum motivo você está fingindo que não sabe, embora eu não consiga imaginar qual possa ser esse motivo. Você é o retrato perfeito da inocência. Você se reclina na cadeira, a cadeira empinada nas patas traseiras.

Você vai cair, eu digo.

Nem a pau, você diz.

Você está olhando para o céu. Eu sigo o seu olhar e vejo que você está acompanhando o voo dos andorinhões do verão; eles acabaram de voltar do sul.

Esses aí são aqueles passarinhos que dormem voando? você diz.

São, eu digo.

Nossa, você diz. E eles nunca pousam no chão? E ficam voando sem parar, e fazem ninho bem no alto pra não encostarem no chão, e têm que manter a inércia o tempo todo?

Isso, eu digo.

Imagina, você diz. Que nem uma música que não acabasse nunca, que nem uma música constante que não parasse de evoluir, como se você simplesmente não parasse, e não parasse com a música, nem quando está dormindo.

Você levanta; estica os braços no ar; você se dobra como um arco pronto para uma flecha.

Nada em comum, eu e você, eu digo.

É. Nadinha, você diz.

A gente devia parar por aqui agora mesmo, eu digo.

Beleza, você diz.

Você fica atrás de mim na cadeira e me abraça, aí põe os braços por baixo da minha camisa, as mãos diretamente em mim. Você me segura com força por baixo da roupa, e se há uma biblioteca em algum lugar por aqui então alguém acaba de lhe remover o telhado, as prateleiras simplesmente inundadas de sol, e todos os livros velhos acabaram de lembrar o que significa ter orelhas e ser coberto de pele.

Não adianta, eu digo.

Não mesmo, você diz atrás de mim.

Eu consigo sentir o seu riso calado subindo e descendo pelas minhas costas.

Você não é a primeira pessoa que me deixou desse jeito, sabe, eu digo.

Mas sou a primeira pessoa hoje, você diz.

Você descascou o meu telhado e transformou a biblioteca inteira num bosque. Cada livro é uma árvore. Sobre os cimos das árvores não há nada além de aves.

Como é que eu vou sobreviver a isso, aqui no meio da mata selvagem?

Na primeira vez que eu te vi, você estava comendo uma maçã, eu digo. Bom, quase a primeira vez.

Eu lembro, você diz.

Foi uma Descoberta, eu digo. Você estava só comendinho uma maçã como se aquilo fosse tudo na vida.

E é tudo, você diz.

É um pouco mais tarde, naquele mesmo dia. Nós estamos de volta na cama. A gente decidiu inventar uma história de como-a-gente-se-conheceu, assim, quando a gente vier a conhecer os amigos recíprocos, em volta de sei lá qual mesa em sei lá qual pub ou restaurante ou sala de jantar suburbana, a gente vai ter alguma proteção. Mas a parte da maçã, de eu te ver, por quase a primeira vez, comendo a maçã, é verdade.

Foi nos Embarques, você diz.

Como assim? eu digo.

No aeroporto, você diz. Onde você trabalhava na época. Você estava usando um uniforme lindo.

E as pessoas usam uniforme nos Embarques? eu digo.

Usam sim, você diz. Quer dizer, você usa. Um uniforme bem bacana. Eu gostei, pelo menos.

E você estava dando a volta ao mundo, eu digo. Você estava dando a volta ao mundo sem mais ninguém?

Eu estava fazendo uma viagem de um dia em volta do mundo, você diz. Queria ver se era possível fazer em um dia. E você era do pessoal da segurança que trabalhava na máquina de raio X que olha a bagagem de mão e os casacos das pessoas por causa de terrorismo. E você pediu pra eu tirar o casaco.

E eu vi, quando você tirou, que, em vez de um braço, você tinha, tipo, um, um violino, e onde a sua mão devia estar tinha aquela coisa enroscada de madeira da ponta dos violinos —

E eu te vi olhando, você diz, e olhei pro meu braço e pra minha mão e disse, merda, tudo de novo.

E aí eu pedi pra você me acompanhar até a sala de entrevista, eu digo.

E eu disse não há necessidade disso, é só que eu estou passando por uma fase de mudanças, você diz. Mudança é uma coisa necessária.

Mutatis mutandis, eu digo. Mutabilidade.

Mudável idade, você diz.

De novo chegando a esse assunto, eu digo. No meu tempo as coisas eram diferentes.

Bom. Mudança é bom, você diz. E aí, obviamente, eu tive que tirar os sapatos pra máquina de verificação de sapatos, aquela especial que faz raio X de sapato —

E em vez de pés, você tinha — eu digo.

Cascos, você diz. Bem bonitinhos, que nem as patas de um pônei, ou de um burrico, ou de um bode, ou um, como é que chama? Aquele com chifre.

Nem me diga uma coisa dessas, eu digo, parece mau presságio, chifre. E aí eu te acompanhei até a sala de entrevista e perguntei se você me auxiliaria a preencher um formulário.

Muito romântico mesmo, você diz. O nosso primeiro encontro foi muito romântico.

Nome, eu digo. Endereço. Idade. Nacionalidade. Ocupação.

Ocupação: eu vivo dos meus cascos, você diz. Eu andei dando nos cascos pelo mundo inteiro, meu. É uma vida bacana. É isso que não me deixa envelhecer. Certo. É isso que a gente vai contar pros seus amigos, então. E os meus? O que é que a gente vai contar pra eles?

Eles vão querer saber da minha longa vida interessante antes de te conhecer, eu digo.

Você põe a cabeça no meu peito. Você se acomoda nos meus braços.

Anda, você diz.

Eu estava nos primeiros ardores de um novo amor, eu digo. Estava no meio daquele surto de pura felicidade e energia que acontece quando você volta a se apaixonar. Eu estava assoviando o tema desse amor, caminhando por uma estradinha no campo toda bordeada de grama e flores selvagens, quando me vi ao lado de uma mulher muito, muito velha com um fardo de varas que parecia bem pesado nas costas. Era pitoresco. Era como se eu estivesse em outro país.

Aquele tipo de país sem aquecimento central, você diz.

Isso, eu digo. E eu disse pra ela, posso lhe dar uma mão? E ela parou e disse, você tem certeza absoluta que quer fazer isso? E eu disse que sim. E aí eu olhei pra onde a minha mão esquerda estava antes e vi que não tinha mais nada ali. Eu olhei dentro da manga. Enrolei a manga. O meu braço terminava num coto na altura do pulso. Mudei de ideia, eu disse pra velha. Será que a senhora se incomodaria de devolver a minha mão?

Era tarde demais, você diz.

Há muito, muito tempo atrás, a velha estava dizendo no que ia escapando da história, lá no meu tempo, eu era bem que nem você é agora, sabe.

Volta aqui! eu gritei. Devolve já a minha mão!

A voz dela me chegava por cima do fardo de varas que ela estava carregando.

É terrível, ela disse. Como é que você vai segurar o garfo quando sentar pra comer em boa companhia? Como é que as pessoas vão poder saber se você casou? Como é que você vai tocar violão agora, ou voltar a fazer aquele barulhinho clip-clop que nem casco de cavalo com duas metades de coco? É uma tragédia.

Que vaca nojenta, você diz.

Sua vaca nojenta! eu gritei pra ela. Não sou não, ela gritou de volta. Eu te fiz um favor. Agora, quando você olhar no espelho, vai ver uma pessoa totalmente nova. Você devia estar me agradecendo, sua besta ingrata.

E você fez o quê? você diz.

Fiquei ali e olhei ela ir embora. Vi a ponta ensanguentada da minha manga na ponta do braço e senti uma tontura que não me deixava fazer nada. Aí eu sentei numa pedra grande na beira da estrada. Fiquei ali no meio do canto dos pássaros do verão e do cheiro forte do sol no mato e percebi que ia ter que chegar logo a um hospital. Quer dizer, eu ia achar legal poder dizer que fiquei olhando o lugar em que antes a minha mão tinha estado e que na ausência de uma simples mão eu repentinamente entendi como as personagens imaginárias podem desejar ter ossos, eu repentinamente soube como os mortos, se é que conseguem sentir alguma coisa, desejam ser qualquer coisa que não mortos. Mas a única coisa que eu senti foi uma afronta. A única coisa que eu senti foi a perda.

Você beija o meu esterno. Você estende o braço e segura a minha mão esquerda.

Cuidado lá, eu digo.

Você acomoda de novo a cabeça no meu peito. Você sacode um pouquinho a minha mão.

A sua mão amputada, no entanto, você diz, levou uma vida muito plena e feliz. Como em todos os melhores filmes de segunda, a sua mão levou com ela as características da pessoa a quem pertenceu. Ela conseguia tocar sonatas sozinha. Ela conseguia não só andar a cavalo mas também tratar do animal depois com muita competência. Era boa no pôquer, ágil para mandar SMS e fazer buscas no google, sempre enfiada entre as páginas de um bom livro. Ela estava sempre se metendo num bolso e pegando trocado quando alguém pedia dinheiro na rua. Ela também era um notório gigolô; não era incomum que a sua mão atravessasse a cidade sozinha no meio da noite, deixando alguém saciado e contente naquele torpor pós-amoroso, pra ir agradar outra pessoa, que estava naquele exato momento sem conseguir dormir querendo segurar a sua mão. Além disso, você ganhou fama de baterista versátil. No mundo todo conheciam o mito de Cotoco, Batera Prodígio. Foi assim que a gente se conheceu. Uma noite, por acaso me contrataram pra descer o braço, eu estava nos cascos, no mesmíssimo bar em que por acaso você era a atração principal. Naquela tarde, às quatro horas, hora de ensaio, eu entrei pela porta do bar —

Você estava comendo uma maçã, eu digo.

Foi uma Descoberta, aparentemente, você diz.

Pois é, eu digo.

E a gente se viu, você diz.

Então aí está como a gente se conheceu, eu digo.

Isso, você diz. Ou que tal assim? Que tal se a gente não tivesse história? Que tal se não *existisse* a história de como a gente se conheceu?

(Você passou pela minha porta. Eu estava na frente de casa lendo os meus e-mails. Eu estava de mau humor porque na noite anterior eu tinha ido dormir bem tarde por causa de uma reprise de um episódio dos anos 70 de Tales of the unexpected;

era um episódio que eu tinha visto trinta anos atrás na minha adolescência e que eu nunca tinha esquecido. Era sobre uma adolescente cujos pais tinham morrido num acidente de carro. Ela leva uma vida meio abandonada e desamada, e depois de uma aula de piano horrível com uma professora desagradável, um sujeito sinistro segue ela até a casa da antipática avó. Alguém anda assassinando garotas. Em seguida vêm umas cenas de lagos sendo dragados e policiais com cães policiais puxando a coleira no mato alto. Na próxima vez que a menina sai, ele está lá de novo. Ele a segue de novo. Para fugir dele ela pede socorro a uma velhinha muito querida que encontra por acaso. A velhinha querida parece muito mais uma avó que a avó da menina. Então a menina vai com essa velhinha querida por uns terrenos baldios acidentados até um trailer onde a velhinha querida diz que vai fazer uma bela de uma xícara de chá para a menina. Ela se acomoda. Está se sentindo segura pela primeira vez. Aí alguém entra pela porta do trailer. É o sujeito sinistro. Ele estava mancomunado com a velhinha querida desde o começo. É aí que a história acaba.

Trinta anos atrás, essa história de trinta minutos tinha me causado pavor. Trinta anos depois, a mesma história tinha me dado raiva. Ela sacrificava a personagem da menina num final horrendo em nome de uma história bem resolvida; eu tinha ficado discutindo com o acabamento e a perversidade e o cinismo dessa história dentro da minha cabeça a noite inteira. Tinha acordado ainda tentando pensar em finais diferentes para a menina da história, ainda dando àquela personagem uma estrada mais aberta, um panorama mais generoso.

Eu estava no sol, na entrada de casa, lendo os meus e-mails. Você passou pela minha porta. Deu oi com a cabeça. Você estava com um estojo nas costas, oblongo, mais comprido que as suas costas. Eu te ouvi abrir uma porta um pouco mais à frente.

Aí, não muito depois, escutei alguém tocando alguma coisa linda em alguma coisa.

Era uma música que eu conhecia nas entranhas. Aquilo me pegou de surpresa. Mudou a atmosfera. Entrou na minha casa e transformou o cômodo em que eu estava num lugar completamente diferente.

Era você.

Eu deduzi atrás de qual porta você morava. Fiquei ali na frente. Algo novo estava me dando coragem. Eu sabia que você tinha menos idade. Eu sabia que eu tinha mais idade. Eu bati na sua porta. Você atendeu. Você estava comendo uma maçã.)

Liberação definitiva, eu digo agora na minha velha cama te abraçando. Uma história sem história. Sem adjetivos. Sem começo nem meio nem fim. Liberdade definitiva. Definitivo céu aberto.

Nada de definitivos aqui, você diz.

Por sobre as nossas cabeças pela janela aberta da mansarda no declive do telhado: folhas, nuvens, o azul, andorinhões.

No meio da tarde eu vou até o quarto dos fundos e te acho lá num quadrado de sol no assento da janela. Você está lendo um livro. Você me vê e baixa o livro.

Só tentando recuperar um pouco do tempo perdido, você diz. Você pisca.

Saquei, eu digo. Finalmente eu entendi. Eu estou te imaginando. Estou inventando isso tudo. Você não é de verdade.

Ah, você diz. Mas e se for eu que estou te imaginando?

Você não é a primeira pessoa a me contar uma lorota, eu digo.

Eu sou pré-lorota, você diz. Eu sou pós-lorota. Lorota.

Você diz a palavra "lorota" como disse a palavra "bocejo" de manhã. Eu tento não rir.

É o começo da noite. Nós estamos na cama de novo. É quase constrangedor isso, ir para a cama com alguém tantas vezes no mesmo dia.

Você não é a primeira pessoa com quem eu já fui tantas vezes pra cama no mesmo dia, eu digo.

Espero que não, você diz.

Você não é a primeira pessoa que me renovou, eu digo.

E não serei a última, você diz.

Você não é a primeira pessoa que pensou que podia ser meu salvador ou minha salvadora, eu digo.

Eu é que nunca ia ter esse tipo de presunção, você diz.

Você não é a primeira pessoa que espirrou seja lá que suco de amor que você espirrou nos meus olhos pra eu ver as coisas de um jeito tão diferente, eu digo.

Ãh? você diz.

Aí você faz a cara inocente que faz quando está fingindo que não entende.

Você não é a primeira pessoa com quem eu já tive conversas boas que nem essa, eu digo.

Eu sei, você diz. Já passei por tudo isso, e tal. Você se sente no auge da experiência.

Valeu mesmo, eu digo. E você não vai ser a primeira pessoa que me deixou por causa de outra pessoa ou de outra coisa.

Bom, mas se tudo der certo isso ainda vai demorar um tanto, você diz.

E você não é a primeira pessoa que, que, ãh, que —, eu digo.

Que te deixa sem saber onde pôr as mãos? você diz. Bom. Você não é a primeira pessoa que já sofreu por amor. Você não é a primeira pessoa que bateu na minha porta. Você não é a primeira pessoa por quem eu arrisquei um braço. Você não é a primeira pessoa que eu tentei impressionar com a minha brilhante performance de quem finge que não se impressiona com nada. Você não é a primeira pessoa a me fazer rir. Você não é a primeira pessoa que eu faço rir. Você não é a primeira pessoa e ponto final. Mas você é a única pessoa agora. Eu sou a única pessoa agora. Nós somos as únicas pessoas agora. Isso basta, né?

Você não é a primeira pessoa que me faz um discurso desses, eu digo.

Aí tanto eu quanto você estamos rindo solto num abraço.

O dia vai sumindo sem que a gente perceba. Lá fora é o escuro do verão. Não demora muito, pelo jeito, para a luz nascer de novo.

Quando estou descendo para fazer um chá para nós eu vejo a mesa da sala de jantar ainda lá no gramado do jardim à luz da lua.

Parece imprevisto. Parece inseguro, anômalo. Ela muda o jardim. É mudada por ele.

Eu percebo, enquanto olho, que a mesa está muito além do meu controle. Até este momento, quer dizer, eu achava que a mesa era minha. Agora, olhando para ela a céu aberto, eu sei que não. Sei pela primeira vez que talvez nada seja meu.

Se chover hoje à noite a madeira não vai empenar imediatamente. Mas se a gente deixar a mesa ali fora a céu aberto muito tempo, vai rachar. Vai rasgar. Vai manchar. Vai ficar cheia de pequenos rastos nos pontos onde as vespas e outros bichos roeram para pegar material para os ninhos. As pernas da mesa vão afundar na grama, a grama vai subir e se enroscar nas pernas. As trepadeiras vão encontrar a mesa. O calor e o frio vão acabar com ela. O verde vai engoli-la, vai morrer e brotar de novo em volta dela, deixá-la velha, estragada, ressequida.

Eu não sei o que eu vou achar amanhã ou depois de amanhã, mas é isso que eu acho agora.

É a melhor coisa que podia acontecer com qualquer coisa que um dia eu pude imaginar que fosse minha.

Agradecimentos

Muito obrigada às seguintes publicações em que alguns contos deste livro apareceram pela primeira vez:

Prospect, The Brighton Book, The Times, Tales of the Decongested, Carlos, The Scotsman, Secrets, The Guardian

"N'água" foi originalmente encomendado e publicado em uma edição limitada e numerada de duzentas cópias por The Oundle Press

"Um conto real" foi originalmente escrito em 2005 como uma resposta algo divertida a uma fala do editor da *Prospect*, Alex Linklater, no anúncio do primeiro Prêmio Nacional de Contos. Ele foi publicado pela *Prospect* em dezembro de 2005 e levemente atualizado para ser incluído neste livro

Obrigada, Simon
Obrigada, Andrew, e obrigada, Tracy e todo mundo da Wylie's
Obrigada, Becky, e obrigada, Xandra

Obrigada, Kasia
Obrigada, Mary
Obrigada, Sarah

ESTA OBRA FOI COMPOSTA PELO GRUPO DE CRIAÇÃO EM ELECTRA E
IMPRESSA PELA GRÁFICA BARTIRA EM OFSETE SOBRE PAPEL PÓLEN SOFT
DA SUZANO PAPEL E CELULOSE PARA A EDITORA SCHWARCZ
EM ABRIL DE 2012